永恒的经典

启迪人生 的 **100** 篇
哲理小品

毕 军/编

U0783143

天津出版传媒集团

天津科学技术出版社

图书在版编目（CIP）数据

启迪人生的 100 篇哲理小品 / 毕军编 . -- 天津：天津科学技术出版社， 2010.8（2024.5 重印）

（永恒的经典）

ISBN 978-7-5308-5845-5

Ⅰ.①启… Ⅱ.①毕… Ⅲ.①小品文 – 作品集 – 世界 Ⅳ.① I16

中国版本图书馆 CIP 数据核字（2010）第 126619 号

启迪人生的 100 篇哲理小品

QIDIRENSHENG DE 100PIAN ZHELI XIAOPIN

责任编辑：王 璐

责任印制：刘 彤

出　　版：天津出版传媒集团

　　　　　天津科学技术出版社

地　　址：天津市西康路 35 号

邮　　编：300051

电　　话：（022）23332399

网　　址：www.tjkjcbs.com.cn

发　　行：新华书店经销

印　　刷：三河市同力彩印有限公司

开本 710×1000　1/16　印张 14　字数 200 000

2024 年 5 月第 1 版第 2 次印刷

定价：59.00 元

前　言

　　人的心灵有一扇窗户，没打开，你就只能活在自己狭隘封闭的空间内；打开了，你将会看到外面无限广阔的世界，阳光满地，美妙无经。那扇窗户，就叫智慧。

　　许多人为领悟人生哲理费尽心机，殊不知一滴水里蕴涵着大海，一句话中蕴藏着博大的智慧。一本好书可以滋润你的心田，一篇哲文也可以让你感受到阳光的温暖。

　　哲理能够启迪生命，可以激励人生，在美文的世界里相信我们都会有所收获 也许，我们曾不满于自己的平庸；也许，我们曾抱怨过生活的无聊；然而，当我们在心中为自己设下目标并持之以恒地向前迈进时，我们的生活也就掀开了新的一页。

　　本书选取了外国贤哲的近百篇哲理小品，其内容涉及人生的方方面面，它们有的睿智凝练，让心灵为之震撼；有的灵气十足，宛如一线罅隙中奔涌而出的清泉，悄然渗入心田。这些传世华章是人生成长必不可少的维生素。希望大师的思想能够化成你前进路上的灯塔，给你一些明亮与温暖，给你提供一些人生的航线，其文章或深刻，或智慧，或反讽，或幽默，或哲理，或人文……让你体验非同凡响的文字之美，结构之美，辞章之美，思想之美。读这些文章，可使你更多的了解人生的寓意。

目录
CONTENTS

健 康

［德国］叔本华

阿图尔·叔本华（1788—1860年）德国哲学家。他继承了康德对于现象和物自体之间的区分。不同于他同代的费希特、谢林、黑格尔等取消物自体的做法，他坚持物自体，并认为它可以通过直观而被认识，将其确定为意志。意志独立于时间、空间，所有理性、知识都从属于它。人们只有在审美的沉思时逃离其中。叔本华将它著名的极端悲观主义和此学说联系在一起，认为意志的支配最终只能导致虚无和痛苦。他对心灵屈从于器官、欲望和冲动的压抑、扭曲的理解预言了精神分析学和心理学。他文笔流畅，思路清晰，后期的散文式论述对后来哲学著作的诗意化产生了较大影响。

能够促使心情愉快的不是财富，而是健康。

我们不是常在下层阶级——劳动阶级，特别是工作在野外的人们脸上找到愉快满足的表情吗？而那些富有的上层人士不常是愁容满面，满怀苦恼吗？所以我们当尽力维护健康，唯有健康方能绽放愉悦的花朵。

至于如何维护健康实在也无需我来指明——避免任何种类的过度放纵和动荡不安的情绪，但也不要太抑制自己。要经常做户外运动、冷水浴以及遵守卫生原则。没有适度的日常运动，便不可能永远健康，生命过程便是依赖体内的各种器官的不停运动，运动的结果不仅影响到有关身体各部分，也影响全身。亚里士多德说："生命便是运动。"运动也的确是生命的本质。有机体的所有部分都一刻不停地迅速运动着。比如说，心脏在一收一张间有力而不息地跳动，每跳28次便把所有的血液由动脉送到静脉再分布到身体各处的微细血管中。肺像个蒸气引擎无休止地膨胀、收缩。内脏也总在蠕动工作着。各种腺体不断地吸收再分泌激素。甚至于脑也随着脉搏的跳动和我们的呼吸而运动着。世上有无数的人注定要从事坐办公室的工作，他们无法经常运动了。体内的骚动和体外的静止无法调和，必然产生显著的对立。本来体内的运动也需要适度的体外运动来平衡，否则就会产生情绪的困扰。大树要繁盛荣茂也须风来吹动。人的体外运动须与体内运动平衡，此点尤为重要。

幸福系之于人的精神，精神的好坏又与健康息息相关。

这只要想想我们对同样的外界环境和事件，在健康强壮时和缠绵病榻时的看法及感受如何不同，即可看出。使我们幸福或不幸福的，并非客观事件，而是那些事件给予我们的影响和我们对它的看法。就像伊皮泰特斯所说："人们不受事物影响，却受他们对事物看法的影响。"

一般来说，人的幸福十之八九有赖健康的身心。有了健康，每件事都是令人快乐的；失掉健康就失掉了快乐。即使人具有伟大的心灵，快活乐观的气质，也会因健康的丧失而黯然失色，甚至变质。所以当两人见面时，我们首先便问候对方的健康情形，相互祝福身体康泰，因为健康实在是成就人类幸福最重要的成分。只有愚昧的人才会为了其他的幸福牺牲健康。不管其他幸福是功、名、利、禄、学识，还是过眼烟云似的感官享受，世间没有任何事比健康来得更重要了。

艺术与死亡（节选）

[法国] 布德尔

1869年出生，祖居比利牛斯山东部的丘陵地带，15岁由市政府资助到图鲁兹美术学校学习。八年后，继续获奖学金以优异成绩考取了巴黎国立美术学校。

布德尔特别注重把建筑的构成因素运用到雕塑中去。在这一点上，布德尔研究并汲取了古代东方和哥特时期的雕塑的特点，使其作品在空间上显示出体积感和真实的曲线之美，并以此震动人心。它们和环境、大自然互相衬补，构成一首响彻空间的立体交响乐。

布德尔一生写下大量笔记，记载了学习心得、参观感受、创作经验、生活感言、艺术思考。

在我人生暮年的岁月中，精神里依然保留着像往昔那样激动的反应。

不要怠慢了人生最后这段时光。

在自然界这个大舞台上，人们才是自己真正的偶像。人们总爱追溯自己的过去，可今非昔比，一个人往昔的风貌如今已荡然无存了。人们时刻铭记着生命新陈代谢的永恒规律，人终究是会死亡的。

难道有什么能够比菊花馥郁的飘香更能抚慰人的心灵吗？

在我生命旅途最后的这段时光中，我看见过去的躯壳脱落，离开了我。

我依傍在那种被人们称作为棺材的粗糙而阴森的箱子边，久久地沉思。

我孤独一人，心潮澎湃，浮想联翩。在这个被钉在一起的、令人毛骨悚然的木头篓中，我更加清楚地感到了人类理想和命运之间的距离，是死神向我们昭示了理想和命运的综合。

灵魂有时真像是一口庞大而沉重的箱子，它比世界上最大的棺椁所盛的痛苦和忧伤还要多。

在我生命弥留于这个世界最后的时日里，啊！竟有那么多贴心知己的朋友们用他们热情温暖的手握住了我那双嶙峋颤抖的手！

可是，从前有谁曾关注和指导过这双被大家紧紧握住的手呢?

命运，乖谬的命运，请告诉我关于你神秘莫测的规律吧！请提醒我你漂移游荡的方向吧！

爱情、痛苦、死亡，这些就是人生的大学校。

人生的暮年时期，要比童年时光消失得快得多，甚至比中年时期还要短。

人们不知道这是为什么，人们为生命如此匆匆而感到困惑和茫然，他们不知道究竟应该怎么去行动。

有谁会知道呢?

现在，在我的创作中有雄伟磅礴的高山，浩瀚无边的大海，它们都显示出了冲天的气势和巨大的力量。

我不敢相信。

空间和时间意味着什么? 它们也是一种尺度吗? 啊，比例，你永远至高无上。

人们看见燕子在起飞，顷刻之间辽阔的天空中到处都是回旋飞舞的燕子。

人们常说，燕子飞去还会归来。

在我晚年的时日里，我看见那些严肃而理智的燕子在我门口的三角楣上，用衔来的泥土筑成了一个漂亮精致的小巢。当春风再度吹拂、蝶舞蜂喧之时，燕子自然就会飞回。

可是我，我还能看到燕子归来、展翅飞舞的倩影吗? 还能倾听到它们呢喃报春的欢音吗？可能只有时光才会知道。

逝去的人和新出生的人如同出发和归来一样，交织在一起，使人类保持着匀称和平衡，而在这种匀称和平衡中却隐潜着不幸的悲剧。

一群嘶鸣号叫的乌鸦正在排列着队形，进行殊死的鏖战，墨水瓶也无法同它们飞翔时带来的黑暗相比拟。

在我人生暮年的最后时日里，那些在光明之后投下的黑暗教给了我们明暗的对比；黑暗与希望同在，明亮与恐慌并行。

所有这些日子都纷集在那里，用殊异的目光审视我，它们每一天的面孔都各不相同。

你们对我生命所剩下的残年孤月将如何看待？我是否知道那些最终莅临的时日意味着什么？我对一切都不敢相信，有时则故意置若罔闻。

那曾经是些沧海横流、混战与争斗延宕不休的年代，欢乐与欢乐残酷地厮杀，忧伤与忧伤激烈地抗衡。

岁月在焦虑地、望眼欲穿地等待着，它们深信不疑的是，我会最终发现真实。我激动得周身战栗不止，难道我惧怕触碰到你吗？神秘莫测、难以驾驭的真实啊？

闪烁在过去年代的灵光业已熄灭，散落的灰烬也都飘散了，周围到处覆盖盛开着五彩缤纷的、属于我们的鲜花。

这些美丽的鲜花可能会释放出一缕带有苦味的芳香。可是，为什么会夹杂着苦涩呢？究竟什么是苦涩？什么又是甜蜜呢？

你歇斯底里地践踏了整个美丽娇媚的花园，我丧心病狂地掠夺了整个花园的果实，我整个灵魂都向往着美丽的女人，我在如痴如狂的爱情中创作着人的艺术。

这一切都被我牢牢地掌握在手中，这一切是不是梦幻的灰烬呢？不，绝不是。

"艺术在我们生命的死亡中延宕发展……"

两条路

[德国] 里克特

让·保尔·里克特（1763—1825年），德国著名作家。出生于小资产阶级家庭，与歌德生活在同一时代。他早期的作品愤世嫉俗。18世纪90年代后发表的小说大多情趣盎然，风格独特，深得广大读者的好评。此外，他还写了许多生动风趣的小品文和散文。被称为"穷人的歌者"，他的主要作品有小说《花果刺》《提坦》等；散文《愚蠢颂》《魔鬼档案精萃》等。

新年的夜晚。一位老人伫立在窗前。他悲戚地举目遥望苍天，繁星宛若玉色的百合漂浮在澄静的湖面上。老人又低头看看地面，几个比他自己更加无望的生命正走向它们的归宿——坟墓。老人在通往那块地方的路上，也已经消磨掉六十个寒暑了。在那旅途中，他除了有过失望和懊悔之外，再也没有得到任何别的东西。他老态龙钟，头脑空虚，心绪忧郁，一把年纪折磨着老人。

年轻时代的情景浮现在老人眼前，他回想起那庄严的时刻，父亲将他置于两条道路的人口——一条路通往阳光灿烂的升平世界，田野里丰收在望，柔和悦耳的歌声四方回荡；另一条路却将行人引入漆黑的无底深渊，从那里涌流出来的是毒液而不是泉水，蛇蟒满处蠕动，吐着舌箭。

老人仰望夜空，苦恼地失声喊道："青春啊，回来！父亲哟，把我重新放回人生的人口吧，我会选择一条正路的！"可是，父亲以及他自己的黄金时代都一去不复返了。

他看见阴暗的沼泽地上空闪烁着幽光，那光亮游移明灭，瞬息即逝了。那是他轻抛浪掷的年华。他看见天空中一颗流星陨落下来，消失在黑暗之中。那是他自身的象征。徒然的懊丧像一支利箭射穿了老人的心脏。他记起了早年和自己一同踏人生活的伙伴们，他们走的是高尚、勤奋的道路，在这新年的夜晚，载誉而归，无比快乐。

高耸的教堂钟楼鸣响了，钟声使他回忆起儿时双亲对他这浪子的疼爱。他想起了困惑时父母的教诲，想起了父母为他的幸福所作的祈祷。强烈的羞愧和悲伤使他不敢再多看一眼父亲居留的天堂。老人的眼睛黯然失神，泪珠儿泫然坠下，他绝望地大声呼唤："回来，我的青春！回来呀！"

老人的青春真的回来了。原来，刚才那些只不过是他在新年夜晚打盹儿时做的一个梦。尽管他确实犯过一些错误，眼下却还年轻。他虔诚地感谢上天，时光仍然是属于他自己的，他还没有堕入漆黑的深渊，尽可以自由地踏上那条正路，进入福地洞天，丰硕的庄稼在那里的阳光下起伏翻浪。

依然在人生的大门口徘徊逡巡，踌躇着不知该走哪条路的人们，记住吧，等到岁月流逝，你们在魆黑的山路上步履踉跄时，再来痛苦地叫喊，"青春啊，回来！还我韶华"，那只能是徒劳的了。

年届五十

[法国] 克莱尔·卡洛娃

　　熟识的女人从来都对自己的生日绝口不提，仿佛这是最令她们难堪的秘密。她们宁愿身着内衣亮相，也不肯将出生证示人。人生的烦恼本来已经够多，何须再做增添？

　　在法国，许多女人都笼罩在年过40的恐惧之中。40岁是教堂欢迎女人去给牧师打扫卫生的年龄。人人皆知，你已再也无法对谁产生诱惑了。

　　年轻，风行我们时代的一个词汇。如今不再年轻意味着你将一点一点被一团迷雾所吞噬，渐渐从人们的视线中完全消失；意味着你所有的财富：爱情、健康、职业、各种梦想和激情，都将逐渐丧失。不惜代价保持年轻，是我们社会中最令人寒心的口号和最怪异的现象。这个社会表面标榜利他主义，提倡消除不平等，却哄人认为幸福与老年无缘。情况再恶化下去，我们这个表面上慷慨自由的社会势必变成地球上最缺乏宽容的社会。

　　现在，我已年满50，正步入暮年。但这并不碍事，相反我感觉甚好。多年来我一直在不断进取。颇感欣慰的是，在这个年龄，我已不再抱任何幻想。平常的生活也能给我带来愉快的意外。肮脏的勾当已不再使我流泪，倒是善良之举使然。因此，感谢你——时光！

　　很自然，害怕荒废时光的忧虑在与日俱增；与之同来的，还有对疾病或不测降临的害怕。我害怕有一天我不得不放弃自己的感觉、思维和心得，不得不放弃一些简单的享受，如悠闲地喝一杯咖啡，或是在阳光下徜徉。人之所以应当紧紧抓住现在，这亦是原因之一。

　　50岁是美好的年岁。由于社会进步，现在的50岁比之10年前的40岁来得更轻松。伴随50岁而来的所谓疑惑和忧愁大都是臆想虚构。50岁时，孩子离家而去，但这是一场胜利——它证明你给予了他足够的爱和自信，让他能够开始新生活。男人？50岁的女人对男人的态度有些奇怪。就我来说，我注意到，男人已不再那么热心追求我了。可巧的是，能让我产生兴趣的男性也大为减少。如今，单纯的外表英俊，单纯的性感迷人，对我已无意义。我愈来愈难动心，愈来愈挑剔。总之，我寻找的是一位能做倾心交谈的知音——一位品行良好、睿智、善良、具有幽默感的男士。

人们应当意识到，年届50可以是人生的高潮，暮年的精华。只消记住戴高乐将军的一句骇人的话："老年是一艘触礁的船。"既然触礁无可避免，那就让它来吧。只是，何必过于匆忙？年届50岁的人，前面还有10到20年美好的时光在等待他们。在这方面，如同在其他方面，亦无平等可言，但人人都可以尽力争取做一个幸运者。确有这样的幸运者。我所熟识的关系亲密者中即有两位——我的祖母和我的猫。我不怕举座哗然，我要说，我同样爱她们，同样思念她们。

一个冬夜，我去看望祖母。她让我等了好一阵。她戴上假牙，搽好粉，穿上绸缎睡衣才出来见我。她总是打扮得漂漂亮亮，总是悉心照料好自己。一见到我，她便笑着说："噢，亲爱的，我恐怕是老了，这个时候就开始瞌睡了。"第二天早晨，她再也没有醒来，时年92岁。

有一年8月，我的菲菲——虽不太机灵，却那么温柔，那么有耐心，没有哪只猫比得上它——追逐了一整天蝴蝶。它在树上蹿上蹿下，晚餐吃得很香，肚里发出心满意足的咕噜声，舒展身子在我腿上睡去了。第二天上午，它没有到花园来，而是蜷缩成一团躺在枕头上。我拍它时，才发现它已身体冰凉。它活了15年2个月零2天。以前我曾经嗔怪："快别待在沙发上了，看你把口水流得到处都是！"倘若还有那样的时刻该多好，我愿付出一切。

并非我也喜欢在老年时听别人这样对我说话。然而爱就是由小小的粗野和斥责构成。近来，我身体虚弱，情绪感伤，我对儿子说："我老了的时候，愿意像菲菲那样死去。"

而他回答："噢，是吗？缩成一团？"

邻 居

［俄国］邦达列夫

尤·邦达列夫（1924— ）俄罗斯作家。出生于南乌拉尔的一个职员家庭，1931年随家迁居莫斯科。反法西斯卫国战争期间一直在炮兵部队服役。曾两度负伤，经受了血与火的考验。战后进高尔基文学院学习，1951年苏联作家协会高尔基文学院毕业后，即开始职业作家生涯，以写战壕真实出名。20世纪七八十年代，接连发表《岸》《选择》《演戏》《戏》《新星之殒》《人生舞台》等小说，着力表现经历反法西斯战争考验的一代人在现代条件下的人生探索，其中前两部获苏联国家奖金，对以后苏联文学的发展产生了深远的影响。

　　两位退休的老头儿在一栋楼里分到了一套两居室的住房。他们不谋而合地在同一个时间搬了家，就在新居的楼梯平台上相互作了自我介绍，心里感到非常满意，因为他们从前都是孤身一人，没有亲友，从今以后有人朝夕相伴，就不会寂寞地度过迟暮之年了。

　　于是，两人决定先安置好家具，然后按照老年人的习惯来共庆乔迁之喜。他们在附近的食品店买了瓶红葡萄酒、一瓶矿泉水和一些简单的小菜。

两个老头儿坐在散发着油漆气味的厨房的餐桌旁边，喝完了第一杯，又干了第二杯，这时才开始仔细地打量对方，接着两人惊呆了，默默无言地坐着，过了一会儿，突然都哭了起来。

一个老头儿以前是法院侦查员，而另一个老头是他审讯的对象，后来被判了刑，过了多年的囚禁生活。

永／恒／的／经／典

一个孤单的人

[爱尔兰] 维廉·巴克莱

维廉·巴克莱（1907—1978年）。当代英国爱尔兰著名圣经注释学家、希腊文专家。素有当代宗教文坛奇才之称。他一生所完成的巨著逾六十部，专文难以计数。他是新约权威（他的新旧约注释本风行欧美），也是著名的格拉斯哥大学神学院院长，因热爱圣乐，兼任学院圣诗班指挥。

从1957年至1970年间，他陆续在英国报章杂志上发表谈论人生道德、伦理修养的短文，在基督教中，这类文章算作"每日灵修读物"。后来结集为《与维廉·巴克莱度过一年》。

前些时候，我旅行，住在青年会的宿舍里，在布告板上看见一张十分吸引人的剪报，是从加拿大出版的一份报纸上剪下来的。作者没有署名，题目是《一个孤独的人》，内容如下：

这个人出生在很少为人知的小村落，父母都是犹太人，母亲是个农家女。他在另外一个小村庄里长大，在木匠的店里工作。30岁后开始旅行布道3年之久。

他没有写过一本书，没有担任过什么职务，也没有一所属于自己的房屋，更没有自己的小家。他从没有进过大学，也不曾涉足大的城市。足迹所到的地方，离他出生地最远不逾两百英里。一切和伟大的人物和伟大有密切关系的东西，他全没有；他连一张证书也没有，有的只是他自己。

这世界没有给他丝毫，除了他的人体。年纪很轻的时候，大家就看不起他，反对他。他的朋友抛弃他，其中还有一个出卖了他。他被交到敌人手中，受审判，被他被钉在一个木头的十字架上，钉在两个强盗当中。他在世上拥有的唯一的一件外衣，被执刑的士兵拈阄来分。他死后被人从十字架上取下来，埋葬在一个借来的坟墓里。这个坟墓是他的一个朋友让出来的。

一千九百多年后的今天，他已成为人类的中心，世界进步的动力。我敢说，把全世界所有的陆军、海军，所有议会的议员，所有统治过人类的帝王，都加起来，对地球上人类生活的影响力，远远不及这个孤独的人。这是耶稣一生相当华丽的描写。

启 示

[黎巴嫩] 纪伯伦

纪·哈·纪伯伦（1883—1931年），黎巴嫩诗人、散文作家、画家。被称为艺术天才。生于黎巴嫩北部山乡卜舍里，是阿拉伯近代文学史上第一个使用散文诗体的作家，并组织领导过阿拉伯著名的海外文学团体"笔会"，为发展阿拉伯新文学做出过重大贡献。

在东方文学史上，纪伯伦的艺术风格独树一帜。他的作品既有理性思考的严肃与冷峻，又有咏叹调式的浪漫与抒情。他善于在平易中发掘隽永，在美妙的比喻中启示深刻的哲理。另一方面，纪伯伦风格还见诸于他极有个性的语言。他是一个能用阿拉伯文和英文写作的双语作家，而且每种语言都运用得清丽流畅，其作品的语言风格征服了一代又一代的东西方读者。

夜渐渐深沉，睡眠把它的斗篷覆盖在大地的脸上。

这时我离开了我的眠床，去寻找大海，我同我自己说：

"大海永不睡眠，大海的清醒不眠给失眠的灵魂带来安慰。"

我到达海滨的时候，大雾已经从山顶上降落下来，遮盖着世界，就像面纱装饰着少女的脸。

我站在海滨凝望着波涛，谛听着涛声，思索着藏在波涛后面的力量——

这力量与风暴一起奔腾，与火山一起咆哮，与嫣然的花朵一起微笑，与潺潺的溪流一起奏乐。

过了一会儿，我转过身来，嗨，我瞧见三个人影儿在附近的一块岩石上，我看到雾霭掩着他们，可又遮掩不了。

被某种我不知道的力量所吸引，我慢慢地向他们所坐的岩石走去。

我站在离岩石几步路的地方，凝望着他们。

因为那儿有一种魔力，它使我的目的明朗化具体化了，并且触动了我的幻想。

这时候三个人影儿中有一个站起来了，他用一种在我听起来像是发自大海深处的声音说道：

"没有爱情的生命像是没有花或果的树，而没有美的爱情就像是没有芳香的花，没有种子的果。生命、爱情、美，三者统一于一个自我，自由自在，无穷无限，既不知变化，又不会分离。"

他说罢就重新坐在他的位置上。

于是第二个站起来了，用一种像是激流奔腾澎湃的声音说道：

"没有反抗的生命像是没有春天的季节。而没有正义的反抗就像是春天埋没在干旱荒芜的沙漠。生命、反抗、正义，三者统一于一个自我，其中既无变化，又无分离。"

他说罢就重新坐在他的位置上。

然后第三个站起来了，用像是雷鸣隆隆的声音说道：

"没有自由的生命像是没有心灵的肉体，而没有思想的自由就像是个混淆是非黑白的心灵。生命、自由、思想，三者统一于一个永恒的自我，既不消失，又不化为乌有。"

接着，三个人都站了起来，用庄重威严的声音说道：

"爱情和爱情所产生的一切，反抗和反抗所创造的一切，自由和自由所孕育的一切，这三者是神祇的三个方面……而神祇乃是有限的和有意识的世界之无限无穷的心灵。"

随之而来的是寂静，寂静中充满了看不见的翅膀的振动以及缥缈的身体的战栗。

　　我闭上了眼睛，静听着我所听见的格言的回声。当我张开眼睛的时候，我只看见大海藏在一条雾霭毛毯之下。

　　我向岩石走进去。

　　我只看见一炷香冉冉升向天空。

不必完美

[黎巴嫩] 纪伯伦

成功，是每一个追求者向往的目标。在这个目标的牵引下，人能够被激励、鞭策，奋发向上，向美好的目标挺进。然而，如在现实生活中，完美主义者要比那些非完美主义者承受更大的精神压力，他们的生活会充满担心失败的焦虑和忧愁，不敢冒险，患得患失。结果，他们并没有得到所期望的成功。能达到的目标，强迫自己去实现，并用他们的成就去衡量自身完美度。他把完美主义看做自己为取得成功必须付出的代价。他相信实现完美是他达到理想高度的唯一途径。可是实际情况怎样呢？他对失败的恐惧使他如履薄冰，工作效率远不如他的同事。

完美主义者也可能会获得一些成功，但成功的到来并不是因为有了这些完美的标准。这个结论显然会使大部分完美主义者感到震惊。研究表明，强迫性的完美主义不利于人的心理健康，而且会导致自我挫败，工作效率、人际关系、自尊心都会受到损害。

为什么完美主义者情绪紊乱、工作效率低呢？原因之一是他们以歪曲的、非逻辑的思想方法看待生活。

也许，在完美主义者中最普遍的思想方法是"要么全有，要么全无"。

另一种畸形的思想方法是，相信消极的事情会重复出现。这些人总以为："我永远也做不好这件事。"他们不是从失败中获得经验，而是被动地吸取反面教训。"我本不该做这事。""我决不再做了！"从而使他们产生挫败心理和负罪感而不能自拔。例如减肥，他为自己制定了严格控制饮食的要求，只要他实行计划，就自鸣得意，这是所谓"圣人阶段"。一旦偶尔贪嘴，稍微破例，就进入"罪人阶段"。一位完美主义者吃了一匙冰淇淋，就为"失败"搅得坐立不安，最后竟大开吃戒，把一夸脱冰淇淋吃得干干净净。

另外，在人际关系中，许多完美主义者感到孤独。因为他们害怕自己的意见不被采纳，使自己的完美形象受到影响。他们为自己的言行辩解，对别人却指指点点，评头论足。这样常常伤害别人，影响同事、朋友之间的关系，导致他们陷入最担心的孤独境地。

在人的一生中，取得最佳成就可能只有一次。所以，把它作为每一件成功的标准，怎能实现呢？相反，如果你的目标客观而又现实，你会常常感到轻松愉快，自然而然地感觉到自己富有创造性，工作效率卓著，因而充满自信。当然，我并不是提倡松懈、懒散，但是，当你为自己远大的目标切实地奋斗的时候，你就会发现，你干得多么出色！

如果你是个强迫性的完美主义者，你就会老是看到自己各方面的缺点、毛病。有一个简单的方法可能会帮助你扭转这个局面：把每天自己所做过的事列举出来。这个做法看起来有点司笑，但只要坚持两个星期，你就会发现你开始把注意力集中到生活的积极因素上去了，为此你会感到振奋不已。

另一个有效方法是，抛弃那种"要么全有，要么全无"的思想方法。看看你身边的人和事，问问自己，世界上有多少事情可以列入这个思维范畴之中。你看这墙壁洁白无瑕吗？你最崇拜的电影明星的外貌真是那么无可挑剔吗？你认识的某个人一生都充满自信吗？你会发现，世界上没有一件事尽善尽美。每一个人，每一种思想，每一件艺术品，每一种理论，都是如此。"要么全有，要么全无"的绝对化思想方法，完全是一种自我挫伤的方法。

切记，完美主义者的背后总是潜藏着恐惧。奉行完美主义，可能使你一时获得某些小成就，或使你免受大的挫折或失败。但是，它限制你的前进，剥夺你勇于进取、甜美生活的权利和机会。让自己获得作为一个正常人应有的生活权力，你就会成为一个更幸福的人，更有用的人！

论婚姻、孩子、工作

[黎巴嫩] 纪伯伦

论婚姻

爱尔美差说，夫子，婚姻怎样讲呢？

他回答说：

你们一块儿出世，也要永远合一。

在死的白翼隔绝你们的岁月的时候，你们也要合一。

连在静默地忆想上帝之时，你们也要合一。

不过在你们合一之中，要有间隙。

让天风在你们中间舞荡。

彼此相爱，却不要做成爱的系链：

只让他在你们灵魂的沙岸中间，做一个流动的海。

彼此斟满了杯。却不要在同一杯中共饮。

彼此递赠着面包，却不要在同一块上取食。

快乐地在一处舞唱，却仍让彼此静独，

连琴上的那些弦子也是单独的，虽然他们在同一的音调中颤动。

彼此赠献你们的心，却不要互相保留。

因为只有"生命"的手，才能把持你们的心。

要站在一处，却不要太密：

因为殿里的柱子，也是分立在两旁，

橡树和松柏，也不在彼此的阴影中生长。

论孩子

一个怀中抱着孩子的妇人说，请给我们谈孩子。

他说：

你们的孩子，都不是你们的孩子。

乃是"生命"为自己所渴望而诞生的儿女。

他们是借你们而来，却不是从你们而来。

他们虽和你们同在，却不属于你们。

你们可以给他们以爱，却不可给他们以思想，

因为他们有自己的思想。

你们可以荫庇他们的身体，却不能荫庇他们的灵魂，

因为他们的灵魂，是住在"明日"的宅中，那是你们在梦中也不能相见的。

你们可以努力去模仿他们，却不能使他们来像你们。

因为生命是不倒行的，也不与"昨日"一同停留。

你们是弓，你们的孩子是从弦上发出的生命的箭矢。

那射者在无穷之中看定了目标，也用神力将你们引满，使他的箭矢迅疾而遥远地射了出去。

让你们在射者手中的"弯曲"成为喜乐吧；

因为他爱那飞出的箭，也要那静止的弓。

论工作

一个农夫说，请给我们谈工作。

他回答说：

你做工为的是要与大地，和大地的精神一同前进。

因为惰逸使你成为一个时代的生客，一个生命大队中的落伍者，这大队是庄严的，高傲而服从的，向着无穷前进。

在你做工的时候，你是一管笛，从你心中吹出时光的微语，变成音乐。

你们谁肯做一根芦管，在万物合唱的时候，你独痴呆无声呢？

你们常听人说，工作是祸殃，劳动是不幸。

我却对你们说，你们工作的时候，你们完成了大地的深远的梦之一部分，他指示你那梦是何时开头，

而在你劳作不息的时候，你确在爱了生命，

从工作里爱了生命，就是通彻了生命最深的秘密。

倘然在你的辛苦里，将有身之苦恼和养身之诅咒，写上你的眉间，则我将回答你，只有你眉间的汗，能洗去这些字句。

你们也听见人说，生命是黑暗的，在你疲瘁之中，你附和了那疲瘁的人所说的话。

我说生命的确是黑暗的，除非是有了激励，

一切的激动都是盲目的，除非是有了知识，

一切的知识都是徒然的，除非是有了工作，

一切的工作都是虚空的，除非是有了爱；

当你仁爱地工作的时候，你便与自己与人类，与上帝联系为一。

怎样才是仁爱地工作呢？

从你的心中抽丝，织成布帛，仿佛你的爱者要来穿此衣裳。

热情地盖造房屋，仿佛你的爱者要住在其中。

温存地播种，喜悦地刈获，仿佛你的爱者要来吃这产物。

这就是用你自己灵魂的气息，来充满你所制造的一切。

要知道一切受福的古人，是在你上头监视着。

我常听见你们仿佛在梦中说："那在蜡石上表现出他自己灵魂的形象的人，是比耕地的人高贵多了。

那捉住虹霓，传神地画在布帛上的人，是比织履的人强多了。"

我却要说，不在梦中，而在正午极清醒的时候，风对大橡树说话的声音，并不比对纤小的草叶所说的更甜柔；

只有那用他的爱心，把风声变成甜柔的歌曲的人，是伟大的。

工作是眼能看见的爱。

倘若你厌恶工作，那还不如撇下工作，坐在大殿的门边，去乞求那些喜悦地做工的人的周济。

倘若你无精打采地烤着面包，你烤成的面包是苦的，只能救半个人的饥饿。

你若是怨恨地压榨着葡萄酒，你的怨恨，在酒里滴下了毒液。

倘若你像天使一般地唱，却不爱唱，那你就把人们能听到白日和黑夜的声音的耳朵都塞住了。

沉 思

[印度] 泰戈尔

　　泰戈尔（1861—1941年），出生于印度一个富有文学教养的家庭。他的科学、历史和文学的丰富知识，得自父兄和家庭教师的耳提面命以及自己的努力，客观环境的影响，使他从小醉心于诗歌创作。1878年，泰戈赴英国学习法律，但他很快转入伦敦大学学习英国文学，研究西方音乐。1880年回国，专门从事文学活动。泰戈尔一生共写了《吉檀迦利》等50多部诗集，12部中篇和长篇小说，100余篇短篇小说和20多部剧本，并于1913年获得诺贝尔文学奖。

　　我们只有通过沉思，才能认识最高深的真理，当我们的意识完全沉浸在沉思之中的时候，我们就会明白，那不仅是一种获得，而且是我们与它的合一。

　　因此，只有通过沉思，让我们的灵魂与思想的最高峰联系在一起时，我们所有的活动、言辞、行为才能变得真实。

　　让我在这里为你们引用一段在印度经常被引用的有关沉思的话吧："我沉思宇宙创造者那值得敬慕的力量。"

"创造者"这个词的含意由于经常使用而变得庸俗了。只有当你把广袤的宇宙整个带进你直觉的视野之时,你才能说神从他那无限的创造力中创造了这个世界。但神创造世界并不是一次性的活动,而是每时每刻连续不断地创造。

所有这一切表明了创造者无限强大的意志。它不像万有引力定律,也不像我不能崇拜或不能认同的某些抽象物。但这段话说的力量是"值得敬慕的",它认可了我们的崇拜,因为它属于一个至上者,它不是一个单纯的抽象。

这个力量体现在哪里?

一方面,它是大地、天空、星河;另一方面,它是我们的意识。

由于这世界在我的意识中有它的另一面,因此在自我和世界之间存在着永恒的联系。倘若在它的源泉和中心没有意识、没有那种至上意识的存在,那么它就不可能成为世界。

神的力量一经迸发就向前奔涌,它既是我们的意识,又是外部世界的意识。它的分裂往往是我们自己造成的,而实际上,创造的这两个方面正如它们出于同一来源一样,是紧密联系在一起的。

因此,沉思意味着我的意识和外部广袤的世界的合一。那么,这种统一在何处呢?

在那伟大的力量之中,在发射出自我意识和外部世界意识的伟大力量之中。

沉思并非使我占有了某物,而是要弃绝自我,使我与一切创造物融为一体。

这就是我们引用的有关沉思的精义,我们要用心记住这话——反复地背诵它,直到我们的心灵安定下来,排除一切迷乱杂念为止。这里没有损失,没有畏惧,没有要我们忍受的痛苦——我们与别人的关系变得单纯、自然——我们变得自由了。沉思——就是去领悟真理,去生活,去运动,并在沉思中去获得我们的存在。

让我再告诉你们有关的另一段话,那是在我们学校里,孩子们沉思和每日祈祷时所使用的一段话:

"给我们意识，让我们在其中顿悟——你是我们的父亲。"

然而，这个真理在我们的生活中没有完全实现，这就是我们之所以不完美、受苦和犯罪的原因。因此，我们祈求能够在我们的意识中实现这一真理，我们祈求能够这样去做。

当我完全实现了这个伟大真理，那么，我的生命将以它的谦卑，以它的自制，在敬仰崇拜的温馨中去表达它自己的真理。

我们在祈祷中有时虽然没有用我们的全部心思去充分认识所用的词语，而只是机械地说出它们的发音，然而它们使我们得到满足。"父亲"就是这样的一个词。

因此，在我们的沉思中必须更深刻地理解"父亲"这个词的意义，以使我们的心灵处于它真实的和谐之中。

冥　想

[日本] 三木清

三木清（1897—1945年）日本明治、大正、昭和时期哲学家。兵库县人。京都帝国大学毕业。1922年起留学德、法等国，接触马克思主义。1925年回国，后任法政大学教授。1928年与羽仁五郎等出版《在新兴学科的旗帜下》杂志，后又创办无产阶级科学研究所，以马克思主义哲学而引人注目。1930年以反治安维持法被捕，出狱后从事历史哲学的研究，并离开了马克思主义轨道，与西田哲学接近。1942年作为陆军报道员去马尼拉。1945年3月又遭逮捕。同年9月病死于狱中。主要著作有《唯物史观与现代意识》《历史哲学》《构想力的伦理》《哲学入门》等。后刊有《三木清全集》十九卷。

有时，我与人谈着话会突然陷入沉默，这时是我正在接受冥想的访问。冥想常常是位意想不到的来客；不是我召唤冥想，冥想是不可能召唤的，冥想到来之时总是置一切于不顾。"从现在开始冥想"之类的说法实在是愚蠢之至。我所能办到的充其量是常常做好迎接这位不速之客的准备。

假定思索是由下而上升，那么冥想就是由上而下降。冥想具有某种天赋的性质，这种性质中有冥想和神秘主义之最深刻的联系。冥想或多或少是神秘的。

这位不速之客可能光临一切场合，不单单是人们安静地独处之时，就是在众人的喧哗之中，冥想也会飘然而至。孤独与其说是冥想的条件，不如说是冥想的结果。例如，面向许多听众讲话时，我会意想不到地受到冥想的袭击。这时，对于这位不可抗拒的闯入者，我或是扼杀或是整个地委身于它。冥想没有条件，这是将冥想看做上苍的赋予之最根本的理由。

柏拉图记载了苏格拉底在波提代亚阵营中连续一昼夜陷入冥想的事。那时，苏格拉底的确是在冥想而不是在思索。出现于市场，任意抓住谁高谈阔论，才是苏格拉底思索之时。思索的根本形式是对话。波提代亚阵营中的苏格拉底、雅典市场上的苏格拉底——再没有比这更明显地表现出冥想与思索差异的了。

思索与冥想的差异表现在甚至正当人们思索之时，也会陷入冥想的事实上。

冥想没有过程。在这一点上，冥想与有过程的思索存在本质的区别。

冥想总是甜美的，因此人们渴望冥想。仅仅为此，人们才保持了对于神秘主义的喜爱。当然，冥想绝不依从我们的欲念。

任何富于魅力的思索，其魅力都基于冥想的神秘主义和形而上学。任何思索只有在这个意义上才是甜蜜的。思索不是甜蜜的事，所谓甜蜜的思索根本不是思索。存在于思索基础中的冥想才是甜美的。

冥想因其甜美而诱惑着人们。真正的宗教反对神秘主义就是因为这种诱惑。冥想是甜美的，但在人们受到这甜美的诱惑之时，冥想已不再是冥想，而成了梦想或空想。

能够产生冥想的是严谨的思维。对于冥想这位突如其来的拜访者所做的准备就是具备训练有素的思维方法。

"冥想癖"的说法是矛盾的，因为冥想绝对不可能成为习惯性的。成了癖好的冥想根本不是冥想而是梦想或空想。

没有冥想的思想家是不存在的。因为冥想给予思想家以想象力，绝没有什么不具备想象力的真正的思想。真正富于创造的思想家往往是依据形象而严谨地进行思维的。

勤奋是思想家最重要的品格，以此可以将思想家和所谓冥想家、梦想家区别开来。当然，仅靠勤奋是不可能成为思想家的，思想家还必须具有上苍赋予的冥想。但是，真正的思想家又总是不断地与冥想的诱惑进行着斗争。

人可以边写作边思索或者根据写作而进行思索，但冥想却不是这样。冥想从某种意义上来说是精神的休息日。精神也和工作一样需要有闲暇。过多地写和完全不写对于精神都同样有害。

哲学文章中称为"休止"的东西就是冥想。思想的方式主要决定于冥想。如果冥想是旋律，那么，思想就是指挥棒。

在冥想的甜美之中或多或少有爱的成分。思索寓于冥想如同精神寓于肉体一样。

冥想从某种意义上说来，是思想的人的原罪。从冥想中，因而也就是从神秘中寻求解脱的思想是异端思想。解脱对于思想的人也像对于宗教信仰的人一样，仅仅是口头上的。

面向落日

[日本] 国木田独步

国木田独步（1871—1908年）本名国木田哲夫，日本小说家、诗人。生于千叶县一个下级官吏家庭。1888年入东京专门学校（早稻田大学前身）学习，曾信奉基督教。曾任教员、新闻记者、杂志编辑等。1908年因肺结核病逝，享年36岁。

国木田独步一生写了几十篇短篇小说和大量诗歌、评论、书简、日记等，其主要成就是小说创作。1898年发表著名散文《武藏野》。著名短篇小说有《源老头儿》《牛肉和马铃薯》《春鸟》《穷死》《竹栅门》等。他的早期作品具有浓厚的浪漫主义的抒情风格，以后转向现实主义，有些作品则带有自然主义倾向，流露出感伤、悲观的情绪。

23日及今日，一到日落前，我便走出屋门来到海滨，逍遥自在一番。横卧枯草之上，目送着太阳越过箱根山脉，转瞬间，在远方沉没。

我的心愿，在于痛快地欣赏天地之奇观。

我就是以这种心情面向落日的。隔着相模湾，伊豆的连峰、箱根的群山，直到富士山，重峦叠嶂，横亘于眼前。

金色的云霞，飘浮于这些山峰之巅。水光天色交相辉映，鲜红的光线织出紫色的山岚。近处，白浪拍击着白沙。仰视湛蓝的、深邃莫测的太空，淡淡的一轮圆月高挂，犹似梦境。太阳渐渐藏身于山峰背后。凝目静观，红日似动而不动，大地似不动而在动，它好似载着高山和海洋在转动。我既看见了天地的颜色，又看见了它的运转，从中微感到自然的美丽和力量。然而我依然陷于烦恼与幻觉之中，而此心其实并不在吞吐吾人的天地之奇异上。

什么是生？什么是死？什么是自然？什么是我？人生的意义如何？这些莫大的疑问，仍旧在我的情感上毫无力量。然而，自然却已逐渐接近于我。

太阳的话

[日本] 岛崎藤村

岛崎藤村（1872—1943年），日本诗人、小说家。原名春树，别号古藤庵，又号藤生。1887年进明治学院。后和北村透谷等人共同创办《文学界》，投身于浪漫主义文学运动，开始创作新诗。1896年创作诗集《嫩菜集》，获得了新体诗人的名声。其后相继发表《一叶舟》《夏草》和《落梅集》等诗集。1904年汇编成《藤村诗集》。他的诗以洗练的雅语和流畅的诗体歌咏青春的悲欢，为日本近代诗开拓了道路，对日本现代诗歌有很大影响。随后，他的兴趣转向散文，并于1906年出版了第一部长篇小说《破戒》。他的长篇小说《春》和《家》，开辟了自传体长篇小说的新领域。

"早上好！"

我向太阳隐身的地方致意。没有回答。今天仍旧是太阳隐居的日子。

让我在这里写下一点自己记忆中的事吧。我第一次发现太阳的美，并不是在日出的瞬间，而在日落的时刻。我已经是18岁的青年了。当时在我的周围，虽然也有人教给我对大自然的很淡然的爱，但是没有人指示我说：你看那太阳。我在高轮御殿山的树林中发现了正在沉落的夕阳，为了分享那从未有过的惊奇与喜悦，我发狂般地向一起来游山的朋友跑去。我和朋友二人，眺望着日落的美景，在那里站立了许久许久。那时充满在我胸中的惊奇与欢乐，至今仍旧难以忘怀。

然而，更使我难以忘怀的，乃是我第一次感受到太阳在我的精神内部升起的时候。我在青年时代的生活颇多坎坷不平，时时与艰难为伴，在漫长而暗淡的岁月里，我连太阳的笑脸也不曾仰望过。偶尔映入我眼里的，不过是没有温度，没有味道，没有生气，只是朝从东方出，夕由西天落的红色、孤独的圆轮。在我25岁的青年时代，我感到寂寞无聊而去仙台旅行，就是从那时开始，我懂得了自己的生命内部也有太阳升起的时刻。

阳光的饥饿——我渴求阳光的愿望本是极其强烈的。但是，在似亮非亮的暗淡笼罩的日子里，我也曾非常失望过。我也曾几次失去了太阳。甚至连渴求太阳的愿望也时而变得淡漠。太阳远离我而存在，在我的眼里，它的面容永远是毫无意义的、悲哀痛苦的。

然而，曾一度懂得在自己的生命内部也会有太阳升起之时的我，几经彷徨后，又回归到等待黎明的心境。不论是在每年的冬季要持续五个月之久的信浓山区，还是在好似新开垦的东京郊外的田野，或是在便于观赏那城镇上空的日出的隅田川的岸边，我一直在翘盼着天明。不仅如此，在漫长的岁月里，我也曾沦为异邦的旅人。在那时，无论从宛若紫色的泥土般的遥远的海上，无论从看去如同梦境般流泄着蓝色磷光的热带地区的水波之间，也无论是在如冰的石建筑鳞次栉比、林荫树凄冷昏黑、万物仿佛全都结冻了似的寒冷的异乡街头，我仍然在固执地盼着天明。甚至在梦中思念着遥远的日出，踏着朝霞向故乡迢迢归来。

我等待了三十多年。恐怕我的一生就要在这样的等待中度过了。然而，谁都可以拥有太阳。我们的当务之急不仅仅是要追赶眼前的太阳，更重要的是要高高举起自己生命内部的太阳。这种想法与日俱烈，在我年轻的心灵中深深地扎下了根。

现在我所想象的太阳，已经到了古稀高龄。仅就我记忆中的，自物心相合以后的太阳的年龄，如今已经是五十有三。如果加上我无从记得的从前的年龄，那么太阳是怎样一位长寿的老人，则是无论如何也无法知晓的。

人若到了五十又三的年龄，不衰老者极为少见。头发逐年增白，牙齿先后脱落，视力也日渐减弱。曾经是红润的双颊，变得就像古老的岩壁一样，刻上了层层皱纹。甚而还在皮肤上留下如同贴在地上的地苔一样的斑点。许多亲密的人相继过世，不可思议的疾病与晚年的孤独，在等待着人们。与人的如此软弱无力相比，太阳的生命力实在是难以估量的。看它那无休无止的飞翔、腾跃，以及每夜沉落不久又放射出红色朝霞的生气！真正拥有丰富的老年的，除太阳之外，更有何者！然而，在这个世上，最古老的就是最年轻的。这个道理深深地震动我的心灵。

"早上好！"

我再一次致意。仍旧没有回答。然而我已经到了这样的年龄，而且感觉到了自己内部的太阳在醒来，因此我坚信，黎明一定会在不远的将来光临。

大海的启迪

[埃及] 阿明

　　阿明（1931—　　）埃及经济学家。1931年生于开罗。1957年获法国巴黎大学经济学博士学位。1957年任埃及经济发展组织的高级经济学家。后一直在国外工作。1960年任马里政府计划技术顾问；1963年起先后担任过法国普瓦蒂埃大学、巴黎大学和塞内加尔达喀尔大学的教授，以及设在达喀尔的联合国非洲经济开发与计划研究所所长。1980年起担任联合国未来非洲战略局负责人。

　　作品有《世界规模的积累》《不平等的发展》《帝国主义的危机》《帝国主义和不平等发展》《价值规律和历史唯物主义》和《今日阿拉伯经济》等。

　　这就是瑰丽浩瀚的大海。它温情脉脉，孩童可与它任意嬉戏。它剽悍强暴，庞大的舰队在它的面前也得瑟瑟发抖。无论是它热情奔放时，还是它无精打采时；无论是它笑容可掬时，还是它愁眉不展时；无论是它涨潮时，还是它落潮时；无论是它温顺时，还是它狂暴时，它都是一幅时世的真实画卷。每当我坐在大海的面前，感觉到的总是一种痛苦的愉悦，或愉悦的痛苦。愉悦是因为大海的壮美。所有的美都带来快乐，唤醒希望，滋润心田。痛苦是由于大海的浩瀚。在大海的浩瀚面前，人会自惭形秽；在大海的雄壮面前，人会觉得自己浅薄；在大海的强大面前，人会觉得自己渺小；在大海的威严面前，人会觉得自己卑贱；在大海的永恒面前，人会觉得自己的终结。

大海是刚毅的，从不绝望。大海是勤奋的，从不厌倦，不懈地与无声的礁石搏斗，并以自己的倔强将其征服，以柔克刚，将其融化。于是，礁石化为乌有，而大海却永世长存。

从古至今，人类一直在用自己的智慧来抵御大海的侵害与冒犯，一旦有所发明，必将用来抗拒大海的进剿，用来避免大海造成的灾祸。可大海总是虎视眈眈，从不示弱，它不时地出击，故意选择人类最新发明的、装备以最现代化设备的、最强大的东西为目标，并以闪电般的速度给予致命的打击。在大海面前，人类的军舰、装甲车、飞机、潜艇都统统不堪一击。

请看看大地，它已归顺于人类，就像被驯服的野兽。人类在大地上修了路，盖了房子，使它的荒山野岭变成了良田、绿洲、花果园。人类拥有了大地，并为其主权而战；人类瓜分了大地，并为其疆域而战，而大地本身却永远像羔羊一样温顺，像卑贱的奴隶一样屈从。

大海则不然，自从造物主创造它出来，它总是那么暴虐凶残。它从不允许人类对它为所欲为，更不允许任何人去占有它。无论时代怎么变迁，科学如何发展，人类始终无法征服它，无法控制它的活动，无法使它变得像大地那样温厚、顺从……假如有人胆敢轻举妄动，那么大海是会像猫玩耗子那样，戏弄他，在没有任何人察觉的情况下，静静地将他吞食，或将冰山压在他身上，将他碾成碎块。

无论人类因拥有蒸汽、铁、火、电、无线电而强大，还是他因只有帆和风而弱小，大海对他都是公正的。这是它的本性。它不在乎有权有势的国王，不在乎家财万贯的富翁，不在乎一贫如洗的穷人，不在乎忧愁悲苦的不幸者，不管谁想享用它的水——无论是谁——都应以十分谦恭的姿态接近它；都应放弃一切威严的外表，显赫的伪装；都应脱下他的鞋，摘掉他的帽，使他自己一丝不挂。否则必将受到大海无情的惩罚。

大海以它巨大的力量而自豪。它从不允许它的任何创造物在陆地上生存一会儿。大地则不具备如此巨大的力量，故而大地的子民能在大海中生存几天。

　　大海的深邃莫测，大海的汹涌波涛，大海的永恒运动，大海的雷霆万钧之力，以及大海的温顺，大海的无瑕，大海不变的壮观景色，过去是，现在仍是，将来也永远是人类爱与崇敬之源，诗意与幻想之泉。

蚂蚁人生

[法国] 威尔伦

鳏夫布奇今年90岁了，而且看样子，他至少还有20个年头好活。

布奇从来不谈论自己的长寿之道。这也难怪，他平时就是个寡言少语的人嘛！

布奇虽然不爱说话，却很乐于帮助别人。这一点使他赢得了不少莫逆之交。据他的朋友说，他母亲生他时难产死了。5岁那年，他家乡闹水灾，大水一直漫到天边。他坐在一块木板上，他的父亲和几个哥哥扶着木板在水里游着。他眼看着一个个浪头卷走他的生命之舟旁的几个哥哥，当他看到陆地的时候，父亲的力气也用完了。他是全家唯一的幸存者。他活泼的眼神从此变得呆滞了，他的眼前似乎总是弥漫着一片茫茫大水。

布奇结了婚，美丽的妻子为他生了五个可爱的孩子。三个男孩，两个女孩。他渐渐忘记了过去的痛苦，成了世界上最幸福的人。他们全家出去郊游，布奇雇了一辆汽车，可是汽车不够宽敞，他只好骑着自行车兴致勃勃地跟在后面。这时车祸发生了。那一瞬间，他的眼神又变得像木头一样呆滞。布奇又成了孤身一人。

此后，鳏夫布奇再也没结过婚。他当过兵，出过海。他没日没夜地跟苦难的朋友们待在一起，倾尽全力帮别人的忙，也经历了数不清的大风大浪。然而，死神逼近的时候，老像没看见他似的，总是拥抱别的灵魂。

90岁的布奇不知什么时候站在我们身后，他苍凉的声音像远古时期的洪流冲击着每一个人：

"一窝蚂蚁抱成足球那么大的一团，漂浮在离我10米远近的水面上。每一秒钟都有蚂蚁被洪水冲出这个球。当这窝蚂蚁跟5岁的我一起登上陆地时，它们竟还有网球那般大小。"

播种者和种子

［黎巴嫩］莱哈尼

人生，是两个永恒之间的间隙，是两块乌云之间闪电发光的瞬息。

人，不过是风暴在爱和恨的大海里所抛掷的情欲的投影。

你我心里都有一层薄薄的雾，雾后面，还有点儿什么却看不清楚。

你我心里还有个永恒的谜，无论过去和现在，智慧的光都照不到它的深处。

我爱美，我爱它不同一般；

我爱动，我动得潇洒端庄；

我爱静，我静中充满雄辩；

我要一天十回跳出那人为的框框，只要模式外有智慧和独创在闪光。

我不要那每月一次美的正常运转，那是贫乏的心灵穿着美的衣衫。

为物质的需要和人世的目的选择宗教的路，选择那虚假的虔诚、伪善和变色的路，其实，那是一条远离宗教和安拉的路，如同大地离开遥远的星座。

风暴能激发和锤炼感情；即使被大风摇晃和吹弯的植物，也比暖房里成长的花草坚韧。

身心被压抑到一定程度，就会产生一种无形的力量，它依然不失深邃的思想和理性。要是超过这个限度，就会产生浑浑噩噩，绝望的心情，一旦把浑浑噩噩的灰尘抖落，剩下的就是恶毒和凶狠，到那时，就不存在智慧，也失去了理性。

最好的和最宝贵的书，读了以后，就会把你带入一个崭新的意境；这样的书会在我们心里唤起新的崇高的意识，强烈的渴望，纯洁的感情；这样的书会推着我们向前，还会带动我们周围的人；这样的书会从沉睡中把我们唤醒，使我们摆脱困惑的泥潭，引我们走上开拓生活之路的人生。这样的书啊，尽管已经"开放"，可以大量发行，但她仍然一似我们统治者苏莱伊曼所曾经追查过的那个高贵的女性。

生活的法则

[美国] 阿瑟·布劳克

哈里森的行动法则：行动者常常不如评论者高明，但评论者往往没有行动。

詹姆斯的历史法则：历史本身不会重复，重复只出现在历史学家之间。

罗伯特的食品法则：爱吃香肠的人，绝对不要去了解香肠的生产过程。

杰克逊的虚伪法则：倘若旁人看不出你的虚伪，你就不虚伪了。

约翰逊的读报法则：为了去发现人类的种种错误，其中也包括报纸本身的印刷错误。

杰佛里的成功法则：当有人到处在议论你不如他的时候，那你一定在某些方面比他更成功。

康威尔的组织法则：每个组织中都会有人清楚地知道该组织的底细，这个人应当被开除。

格林的辩论法则：当你开始胡言乱语的时候，真理往往在对方手里。

斯图尔特的反应法则：得到原谅要比得到许可容易得多。

华莱士的谦虚法则：将自己贬得一无是处，为的是鼓励别人亲自来认识你的出众之处。

奥利尼的家务法则：厨房是永远无法打扫干净的。

迈克的恭敬法则：决不要为了博取他人的好感而流露自己的真实感情。

魔　笛

[美国] 本杰明·富兰克林

本杰明·富兰克林（1706—1790年），美国物理学家、发明家、政治家、社会活动家。1731年他在费城创办了北美第一个公共图书，约在1744年开始从事电学的研究。1751年创办了费城学院（后来的宾夕法尼亚大学）。1753年，获科普利奖章。同年，他还获得哈佛大学、耶鲁大学的荣誉学位。

他是美利坚合众国的创始人之一。在美国独立战争中他积极参加反英斗争。当选为第二届大陆会议代表，并参加起草了《独立宣言》。

富兰克林电学著作和论文有《电的实验与观测》《对于导电物质的性质与效应的见解和推测》《在美国费城所进行的关于电的实验与观测》《论闪电与静电的同一性》等。

永/恒/的/经/典

在我7岁生日那天，亲友们把钱币塞满了我的口袋。我高兴极了，马上到一家儿童玩具小铺去买东西。路上，我碰到一个男孩，他手拿短笛吹奏着，那抑扬顿挫、悠悠动听的笛声把我紧紧吸引得入魔了，我心甘情愿地掏尽口袋里所有钱币换取了这个小玩具。我一回家，就大吹特吹起来。我非常喜爱这个"魔笛"，但全家却很讨厌这怪玩意儿。我的兄弟姐妹和堂兄弟，告知我付出了四倍于这个短笛的高价。此刻，我才恍然大悟，用这么多的钱，可以买好多好多的东西呀！大家嘲笑我是小傻瓜，我懊丧得痛哭起来。我觉得，这"魔笛"带给我的不是愉快，而是烦恼。

吃一堑，长一智。从此以后，每当我打算买非必需品时，总是告诫自己说："切莫花大多的钱去买'魔笛'。"这样，我逐渐学会了节约。

长大后，观察人世间芸芸众生，我发现：许多人付出了巨大代价去买各自的"魔笛"。我目睹：有些人狼子野心，虚掷韶华，醉生梦死，耗伤精力，泯灭良心，欲壑难填，甚至贪赃枉法，出卖亲友，以牟取暴利厚禄。这时，我常常默默地自语道："诸君花了高价去买'魔笛'。"

有时，我邂逅吝啬鬼，这号人视钱如命，对人一毛不拔，情薄如纸，厚颜无耻，唯利是图，贪得无厌。我说："可怜的人呀，你们为自己的'魔笛'实在付出太太的代价了。"

每当目睹那伙贪得无厌而不屑其精神和心灵的人时，我就说："仁兄啊，错了！你们得到的将是痛苦，绝不是快乐。你们为自己的'魔笛'付出的代价太高太高了！"

有时，我还目睹有些人迷恋于华丽的装饰、奢侈的家具、豪华的轿车……而这些"魔"品远远超出其财力，结果债台高筑，身陷囹圄，草草了却一生。于是，我叹息道："唉！你们为区区'魔笛'付出了多么昂贵的代价啊！"

总之，我认识到：大多数人的不幸，都在于不恰当地估量了各种事物的价值，并为各自的"魔笛"付出昂贵的代价。

法律门前

[奥地利] 卡夫卡

卡夫卡（1883—1924年）奥地利小说家。生于布拉格的一个犹太人家庭。1901年入布拉格大学学习文学，后转修法律。1906年取得法学博士学位。他从小爱好文学，中学时就对自然主义戏剧和易卜生、斯宾诺莎、尼采等人的著作感兴趣。大学时期开始文学创作。有短篇小说《判决》《变形记》和长篇小说《审判》《城堡》《美国》等。卡夫卡的小说无论是短篇还是长篇，在艺术风格上都独树一帜：内容怪诞离奇，形式新颖别致，摆脱了传统小说的束缚，深刻洞察现代人隐秘的内心世界。卡夫卡对现代人孤独、迷茫的生存图景的描述取得了巨大成功，被尊为西方现代小说的开创者。

　　法律门前站着一个守门人。一个从乡下来到这儿的人要求进去。但是守门人现在不能让他进去。乡下人想了一下问道："那么以后能进去吗？"守门人说："可能吧！但是现在不行！"

　　因为通往法律的大门是敞开着的，而守门人又站到一旁去了。于是从乡下来的这个人就弯下腰来。想看看里面到底是什么样子。守门人看到他这么做，笑了。他说："如果这事对你有这么大的诱惑力，那你尽可以不管我的禁令，进去看看。不过你要注意，我的权力很大，而我只不过是最底层的守门人。从一个大厅到另一个大厅都有看门的，他们的权力一个比一个大。就连我，到了第三个守门人那儿便看也不敢看他一眼了。"

从乡下来的这个人没想到进入法律之门会有这么多困难。他想，法律不是该随时随地对每一个人都开放的吗？但当他仔细看着穿皮大衣的守门人。看着他那大大的尖鼻子，他那细长的黑色的靼鞑胡子时，他便决定情愿等下去，等到得到允许的时候再进去。守门人给了他一张小板凳，让他在门旁坐下。日复一日，年复一年，他就这么等着。他多次试着要进去，守门人也被他弄得不胜其烦。时而守门人也对他做一些小小的"审讯"，询问关于他家乡的详细情况，又问了许多其他的事，就像大人物那样，用那么一种漠然的态度询问他。而每次到最后总要告诉他，现在还不能放他进去。这个人从乡下来的时候带着各式各样的东西，所有这些东西，不管有多贵重，他都用来贿赂守门人了。守门人也收下了所有的贿赂，不过每次他都说："我收下这些东西，是为了让你觉得，你能做的你都做了。"

在这许多年里头，这个人几乎总是毫不间断地观察着守门人。他忘了其他守门人的存在，这守第一道门的人便成了他进门的唯一障碍了。在早几年里，他毫无顾忌地大声诅咒这不幸的偶然事件。后来，他渐渐老了，只能自语自言，哺哺有词地埋怨了。在常年的观察中，他觉察到守门人皮衣领上有跳蚤，于是便向跳蚤请求起来了，求它们使守门人改变主意，放他进去。最后他的视力弱了，但他不知道到底是周围真的暗下来了呢，还是他有了幻觉。不过在这片昏暗之中他却看见从法律的门里射出一道金光。现在他活不长了，临死之前，这些年的经历在他脑海中汇聚成一个他还没有提出过的问题。他身体僵硬得坐不起来了，便用手把守门人招呼过来，现在他们之间高矮的差别显得对这人更加不利，守门人不得不弯下腰。

"你现在还想知道些什么呢？"守门人间，"你真是不知足啊！"

这人说："不是所有的人都在寻求法律吗？但是这许多年里，怎么除了我，再也没有旁人来要求进入这道门呢？"

守门人看出，乡下人已快要断气了，为了让他能听得见，便大声对他喊道："这个大门没有其他人能进得去，因为它是专门为你而开的。现在我得把它关起来了。"

人生的五福

[美国] 马克·吐温

马克·吐温（1835—1910年），原名塞缪尔·朗赫恩·克莱门斯，是美国的幽默大师、小说家、作家，也是著名演说家，19世纪后期美国现实主义文学的杰出代表。虽然他的财富不多，却无损他的高超幽默、机智与名气。堪称美国最知名人士之一。

马克·吐温写作风格熔幽默与讽刺一体，既富于独特的个人机智与妙语，又不乏深刻的社会洞察与剖析，既是幽默辛辣的小的杰作，又是悲天悯人的严肃。代表作是《百万英镑》

每当年轻人步入社会的前夕，善良的仙女总要手挽花篮，前来说道：

"这里有几种礼物，你自己选择一个吧。不过不要当成儿戏，应该动脑筋慎重挑选才是，因为这其中只有一件是有价值的。"礼物共有五种：名誉、爱情、财富、快乐、死亡。有一个年轻人曾急不可耐地说：

"没有什么可考虑的。"随即选择了快乐。

他步入社会后，便到处寻欢作乐，沉湎于声色之中。可惜的是一切快乐都转瞬即逝，随之而来的便是沮丧、怅惘、空虚。每次享乐对他都不外是一次嘲笑，到头来一场空。这使他不禁叹道："这些年我都虚度了，如果再有机会，我一定好好地选择一下。"

仙女又来了，说道：

"现在还有四件礼物，再选择一次吧！喂，你可要记住，时光不饶人哪！它们只有一件是珍贵的。"

他想了又想，最后选择了爱情，然而他却没有注意到仙女的眼窝里噙着泪水。

年复一年。这一天，他坐在一间空荡荡的屋子里，身旁摆放着一口棺材。此时他百感交集，自叹道："她们撇下我，一个接一个地都到极乐世界去了，就连最后这个娇妻也躺在这里不管我了。百年孤独，人生可叹啊！每当幸福降临之时，那个背信弃义的使者——爱神，都要将我出卖，都要让我付出千倍的代价，把我推进痛苦的深渊而不能自拔，我从内心深处痛恨爱情。"

"再选一次吧，"仙女来了，"岁月一定使你变得聪明了，现在剩下三件礼物，切记只有一件是有实际价值的，再不能含含糊糊地挑选了。"

他反复考虑了许久，最后选择了名誉，仙女叹着气离开了他。

光阴似箭，转眼就是几年，仙女又光临了，站在他的身后，此时他正在薄暮中孤凄地回忆往事，仙女十分清楚他的心境。

"我已誉满全球，有口皆碑。有那么一段时间，日子过得很快活，可惜好景不长，接踵而来的是嫉妒、诋毁、诽谤、仇恨，乃至迫害，甚至当我成为嘲笑对象的时候，也不肯罢休。最后，名誉被怜悯敲响了丧钟。唉，可悲可叹的声誉名望啊！荣耀之日为众矢之的，潦倒之时遭万人唾弃，岂不悲哉！"

"重新选择吧，"又是仙女的声音，"你三次都没有选中，但不要灰心，还有两件礼物，不过这里只有一件是珍贵的。"

"财富——这才是真正有威力的东西呢！我真是有眼无珠！"他感慨地说，"现在我终于明白了生活的意义。我要挥霍财富；尽情地享乐。让那些嘲笑、鄙视我的人像猪猡一样在我面前摇尾乞怜吧！我要用他们的嫉妒填满我的欲壑，我要尽情地寻欢作乐、享受人世间的荣华富贵，饱尝男人所渴望得到的一切精神陶醉和肉体满足。我要买！买！买！买尊重，买仰慕，买敬佩，买崇拜，买尽天底下竞争市场中一切美好的东西。我已荒废了多年的大好时光，几次都没有选中真正有价的东西。让那一切都付之东流吧！昔日我年少无知，事情也只能如是而已。"

三年的光景又是一晃而逝。如今他独坐阁楼，衣衫褴褛，瑟瑟发抖，形容枯槁，嚼着干面包。想来真是世态炎凉，沉浮莫测，他岂能不掩涕叹息：

"去他的礼物吧！纯粹是捉弄人的骗人的鬼话，它们根本就不是什么施舍，只是借贷。所谓快乐、爱情、名誉、财富，不过是对永恒的现实——痛苦、失意、羞辱、贫困——的临时伪装。仙女的话说得千真万确，在她的篮子中，只有一件礼物是珍贵的，是有价值的。现在我已彻底醒悟：那些残害身体、折磨精神的虚假的快乐、爱情、名誉与万事皆休永远露着甜蜜的笑靥的'长眠'相比，显得太可悲，太微不足道了。我主意已定，就选择这个！我的精力已消耗殆尽，需要早早安息了！"

仙女驾临。带来的仍是那四件礼物，唯独没有死亡。她说："我把它给了一位母亲的心肝——她的孩子了。那孩子年幼无知，不过却信任我，让我替他选择一个。可你就没有让我替你选。"

"是啊，我真够不幸的啦！这么说就什么也没有我的份了吗？"

"有，有你的，而且还是你至今不曾有过的：晚年的凄凉和无穷无尽的凌辱。"

人生的意义

[日本] 汤川秀树

汤川秀树（1907—1981年），日本物理学家，大阪大学哲学博士，历任京都帝国大学、东京帝国大学教授。1948年赴美国任哥伦比亚大学教授，1949年诺贝尔物理学奖授予汤川秀树，以表彰他在核力的理论基础上预言了介子的存在。他是第一个获得诺贝尔奖的日本人。1955年回国。他从电磁理论得到启发，于1935年提出了关于核子力的"介子理论"。

同学们都很年轻，你们面前有着广阔的前途。平均起来你们今后将有六十年左右的寿命，也就是说，你们将跨过20世纪进入21世纪。在这个时期里，世界将会发生什么变化呢？回忆一下20世纪前半叶的六十年代中期，世界上发生了显著的变化，由此可以想象到未来的五六十年中也将产生难以估量的巨大飞跃。

究竟人世间演变的起因何在？当然，不难想象有地震、台风、洪水等自然因素造成的变迁。不过，这种自然因素的影响只是暂时的，尽管是重大事件也绝不会产生永久性的影响。从长远来看，可以说主要的还是人类的所作所为带来了世界的变化。

以交通的发达为例，现在汽车、飞机的数量大增，速度加快，再加上通讯事业迅速发展，电话、广播、电视也已经普及，这些都为世界带来了不少变化。诸如此类的变化今后还会应时而生、层出不尽。

若考究一下发生这些变化的原因，就会发现：最大的因素是人类知识、技术的进步。简而言之，即科学的进步引起了世界的变化。众所周知科学是人类创造、思维的结晶，是人们在有生之年辛勤工作的点滴积累。不光科学，人类还有许多其他活动也推动了社会的发展。关键问题是今后的世界还将由活着的人们奋斗不息地发展下去。

　　因此，我希望同学们深刻认识到，你们自己也是这活着的人群中的一员。如果有人认为：我的力量微不足道，根本不可能去改变一个世界，所以自己除了顺应社会趋势，随波逐流，别无所能。这种想法是极端错误的。因为尽管每个人的力量是十分微薄的，但是不能否认正是这些个人不懈努力的结果，才使社会得以发展、变化。

　　但是变化本身也有多种多样，究竟朝什么方向演变才好，这又是一个问题。我们应当努力设法使世界朝着光明的道路发展，而不要走向其相反的方向。要下定决心为把世界逐步引向光明的道路，而贡献自己微薄的力量——不光有决心，更要采取实际行动。我们应当认识到这样生活才是真正有意义的。

　　为了建设好这个世界，应当采取什么方法来贡献自己的力量呢？不用说，那是因人而异的。即使定下了今后努力的目标，选择出适当的道路，并已开始在这条道路上前进，也未必能够获得成功，或许会以失败而告终。究竟成功与否，谁也无法预测，不可能先知先觉。我相信只要努力就有成功的希望，从而竭尽全力去干，这便体现了人生在世的真正价值。

　　人们常说，现在的年轻人比起前人现实多了。也就是说他们开始关心将来，想方设法使自己的晚年过得更加舒适。这种考虑也许是人之常情，未必是坏事。但是如果青年人一味考虑个人生活的安逸，未免令人失望。而且，如果他们以为未来和现实不会有多大差异，因而只是考虑在眼前这个圈子里，如何生活得更好，那就不仅是令人失望，而且是幼稚可笑的。

　　有人以为："别人都考某某大学，所以我也要进某某大学。""要是能进某某公司工作，将来生活就有保障。为了能进某某公司，大概先进某某大学比较合适。"这类消极的想法如果充斥于青年人的头脑，前景会是什么样子呢？

如果日本全国都是这样的青年集合在一起，会有什么结果呢？到那时日本人在这个地球上将变得十分渺小，失去影响。不仅如此，在日益激烈的国际竞争中——特别是创造文化价值的竞争中，日本将成为十足的落伍者。这样下去，日本人的个人生活也会在精神和物质方面双双遭到破产。

本来，在现实或将来的社会里，每一个个人的问题与社会全体的问题，推而广之和全世界的问题，是绝对不能分割的。由此可以懂得前面所说的"现实主义态度"，或者用个贬义词，叫做利己主义的生活态度，它乍看起来似乎稳妥可靠，实际并非如此。青年中至少应有一部分人能够立志摆脱个人打算，怀着崇高的理想向前迈进。如果连这一点也做不到，那么日本也好，世界也好，便不会朝着进步的方向发展。这种结局所带来的恶果又将会反过来影响到每一个个人，给人们带来巨大的不幸。前面我已讲过，抱有崇高理想前进的人，即便不能获得完全成功，那种生活也具有重大意义。我认为觉悟到生活的意义而活在世上才是真正的现实主义的生活方式。

活得简朴和明智

[美国] 亨利·梭罗

亨利·梭罗（1817—1862年）生于美国马萨诸塞州康科德镇，曾就读康科德学院，并进入哈佛大学。

1845年春他在瓦尔登湖滨建起木屋，开始过着与自然融为一体、自给自足的简朴生活。他在此生活了两年，不断对世界进行深刻思考，写出了影响世人至深的著作《瓦尔登湖》。

1860年，《森林树木的生命传递》首度发表，之后梭罗更将探讨主题扩展为"种子的传播"，并开始起草《野果》。

1862年，在预期死亡的心态下，整理早期的演讲及论文，准备发表。5月6日，这位19世纪美国最具有世界性影响力的作家逝于康科德镇。

信念和经验都使我坚信，在这个地球上保持一个人的自我，不是一件苦事，而是一件乐事，只要我们愿意活得简朴和明智。你看，那些较为简朴的民族以之为职业的，那些较为浮华的民族仍然以之为娱乐。一个人未必要靠额上的汗水来挣得生计，除非他比我还容易出汗。

　　我的相识中有位小伙子，继承得几十亩田产。他对我说，他觉得应该像我一样生活，假如他有我这份条件。无论如何，我都不想让任何人采取我的活法。因为，不等他相当地学会了我现在的活法，我也许已经为自己找到了另一种。非止此也，我还希望，世界上最好各色各样的人都有，花色越多越好。只是，我愿他们每一个人都非常审慎地找到并走上他自己的路，而不是他父亲的、母亲的或是他邻人的。那位年轻人可以建造，可以种植，可以出航，只是千万不要让他固执于学我。只有经过深思熟虑，我们才可达于智慧之境。你看那水手或逃奴，他们晓得把眼睛一直看着北斗。仅这一点智慧，就足以引导我们终生。我们也许不能预卜到达港湾的日期，可我们却会保持正确的航线。

平 静

[美国] 戴尔·卡耐基

戴尔·卡耐基（1888—1955年）出生于美国西部的贫困农家子弟，是美国著名的心理学家和人际关系学家。青少年时期充满自卑、挫折感、恐惧和忧郁，他曾经饱受冷落、嘲笑，甚至一度想要自杀，了此余生。幸好，他最终选择了不断地自我磨炼，运用心理学知识及人类共同的心理特点进行探索和分析，并开创和发展了一种融合演讲术、做人处世、推销和管理等的训练方式，影响了不同国籍、不同时代的千百万人，成为"成功学之父"。

早期著作《人性的光辉》《语言的突破》《美好的人生》《人性的优点》曾被译成二十八种文字，其中《人性的弱点全集》一书，是继《圣经》之后世界出版史上第二畅销书！

我相信，我们内心的平静和我们在生活中所获得的快乐，并不在于我们身处何方，也不在于我们拥有什么，更不在于我们是怎样的一个人，而只在于我们的心灵所达到的境界。在这里，外界的因素与此并无多大的关系。

大约300年前，当弥尔顿双目失明后，他就发现了这一真理："思想运用以及思想本身，能将地狱变为天堂，抑或将天堂变为地狱。"

　　以拿破仑和海伦·凯勒的生平为例，就可以证明弥尔顿的话是何等的正确：拿破仑拥有了一般人梦寐以求的一切——荣耀、权力、财富，等等，然而他却对圣海琳娜说："在我的一生中，从来没有过快乐的日子。"而海伦·凯勒是个又盲又聋又哑的残疾人，可她却说："生活是多么美好啊！"

　　我活了50多岁，如果问我在生活中学到了什么的话，那么，我的回答就是："除了你自己，没有任何人和任何事物可以给你带来平静。"

疯狂就是明智

[印度] 奥修

奥修（1931—1990年），印度当代著名哲学家。本名勒贾尼希。奥修于21岁时开悟，在印度杰波普大学担任了九年哲学教授之后，周游各地演讲，从弗洛伊德至老子、庄子和禅，从戈杰到佛陀，从耶稣基督到泰戈尔……根据他的演讲已出版了650多册书，并被译成32种语言，行销世界各地。

奥修是一位当代的神秘家，他的生活和教导影响着全世界来自不同层面无数的人，他的洞见涵盖了东方无时间性的智慧，以及西方科学和科技最高的潜力。他对内在蜕变的科学具有革命性的贡献，他的静心方法有考虑到现代生活加速的脚步。

永／恒／的／经／典

在这个世界上人们知道有这样一些美丽而疯狂的人，事实上，这个世界上所有伟大的人在一般人眼里都有那么点疯狂。他们被人们说成疯狂，是因为他们不悲伤，他们不忧虑，他们不怕死，他们不为琐事烦恼，他们每时每刻都尽致而热情地活着。正因为尽致而热情，于是他们的生命变成一朵美丽的花——它们充满芳香——爱、生命与欢笑。

人必须鼓起勇气，假如人们说你疯狂，那么赞赏它，告诉他们："你是对的，在这个世界上只有疯狂的人才是幸福和快乐的。我选择了欢乐的、幸福的和雀跃的疯狂；你选择了悲伤的、痛苦的和地狱般的明智。我们的选择不同，你可以继续你的明智，保留你的悲伤；也让我独自继续我的疯狂，请不要干涉，我也不会感到被这个世界上你们所有如此明智的人所干涉，我不会感到被干涉。"

你是独自一个人在这个世界上：你独自来到这个世界，一个人生活在这个世界，也将独自离开这个世界。别人所有的意见都被留下来，只有你原本的感觉，你真实的体验将伴随你甚至到你死后。

当玫瑰花开的时候

[智利] 佩德罗·普拉多

老园丁培育出了许多许多优良品种的玫瑰花。他像蜜蜂似地把花粉从这朵花送到那朵花，在各个不同种类的玫瑰花中进行人工授粉。就这样，他培育出了很多的新品种。这些新品种成了他心爱的宝贝，也引起了那些不肯像蜜蜂那样辛勤劳动的人的妒羡。

他从来没有摘过一朵花送人。因为这一点，他落得了一个自私、讨人厌的名声。有一位美貌的夫人曾来拜访过他。当这位夫人离开的时候，同样也是两手空空没有带走一朵花，只是嘴里重复嘟哝着园丁对他说的话。从那时起，人们除了说他自私、讨人厌之外，又把他看成了疯子，谁也不再去理睬他了。

"夫人，您真美呀！"园丁对那位美貌的夫人说，"我真乐意把我花园里的花全部都奉献给您呀！但是，尽管我年岁已这么大了，我依旧不知道怎样采摘下来的玫瑰花，才能算是一朵完整而有生命的玫瑰花。您在笑我吧？哦！您不要笑话我，我请求您不要笑话我。"

老园丁把这位漂亮的夫人带到了玫瑰花园里。那里盛开着一种奇妙的玫瑰花，艳红的花朵好像是一颗鲜红的心被抛弃在蒺藜之中。

"夫人，您看。"园丁一边用他那熟练的布满老茧的手抚摸着花朵，一边说，"我一直观察着玫瑰开花的全部过程。那些红色的花瓣从花萼里长出来，仿佛是一堆小小的篝火喷吐出的红彤彤的火苗。难道把火苗从篝火中取出来还能继续保持着它那熊熊燃烧的火焰吗？花萼细嫩，慢慢地从长长的花茎上长了出来，而花朵刚出落在花枝上。谁也无法确切地把它们截然分开。长到何时为止算是花萼，又从何时开始算作花朵？我还观察到当玫瑰树根往下伸展开来的时候，枝干就慢慢地变成白色，而它的根因地下渗出的水的作用，又同泥土紧紧地结合起来了。

"如果我连一朵玫瑰花该从哪儿开始算起都不知道，那我怎么能把它摘下来送给他人？要是硬行把它摘下来赠送给别人．那么，夫人，您知道吗？一种残缺的东西其生命是十分短暂的。

"每年到了十月，那含苞待放的玫瑰花蕾绽开了。我竭力想知道玫瑰是在什么地方开始开花的。我从来也不敢说：　'我的玫瑰树开花了。'而我总是这样欢呼着：大地开花了，妙极啦！

"在年轻的时候，我很有钱，身体壮实，人长得漂亮，而且心地善良，为人忠厚。那时曾有四个女人爱我。

"第一个女人爱我的钱财，在那个放荡的女人手里，我的财产很快地被挥霍完了。

"第二个女人爱我的健壮的体格，她要我同我的那些情敌去搏斗，去战胜他们。可是不久，我的精力就随着她的爱情一起枯竭了。

"第三个女人爱我的英俊的容貌。她无休止地吻我，对我倾吐了许许多多情意绵绵的奉承话。我英俊的容貌随着我的青春一起消逝了，那个女人对我的爱情也就完结了。

"第四个女人爱我忠厚善良。她利用我这一点来为她自己谋取利益，最后我终于看出了她的虚伪，就把她抛弃了。

"在那个时候，夫人，我就像是一株玫瑰树上的四朵玫瑰花。四个女人，每人摘去一朵。但是，如果说一株玫瑰树可以迎送一百个春天的话，那么一朵玫瑰花却只能有一个春天。我那儿朵可怜的玫瑰花，就是如此这般，一旦被人摘下，也就永远地凋零了。

"自此以后，从来没有人在我的花园里拿走过一朵采摘的花。我对所有到我这花园来的人说：你什么时候才能不热衷于那些分割开来的、残缺不全的东西呢？假如你真能把每件事物的底细明确地分清楚，假如你真能弄清玫瑰长到何时算作花萼，又从何时开始算作花朵的话，那么，你就到那玫瑰开花的地方去采摘吧！"

谈谈"与众不同"

[捷克] 斯卡采尔

为什么人们这么千篇一律一个样？

这个问题思考起来可要费多少脑筋。假如你使劲琢磨，就会得到答案，因为他们总想与众不同。

要出奇地与众不同！

哲学家们对此所知甚少，裁缝们却全知道，这是很自然的。要不然他们是没法维持生活的。

每个人都想与众不同，大至搞政治是这样，小至穿裤子也是这样。年轻人穿牛仔裤，为的是有别于他人。因为他们绝对的与众不同，因为谁也不想落后于谁，这种追求个性的结果是制服的一致。在服装领域里称其为"流行"。要新颖的，要与众不同的，要唯我独有的，因为别人也是这么想，到头来我们大家又都一样了。

出奇的一样！

（在服装领域是这样，在思想方面也这样。）

这实在令人不苦快，肯定叫人厌烦。

绝顶的枯燥无聊。

怎么摆脱这种现象呢？怎样才能从这个为追求与众不同而落得个一模一样的魔圈里钻出来呢？

假如我们再回到服装这个领域来，好好地观察一下，就会发现：那些与我们不一样的大多是那些不去刻意追求异样、切盼与众不同的人。

要在这个大千世界的街上惹人注目不是一件容易的事，您就是光着脚板丫在大城市的满地痰污的街上走也不管，您会发现，突然大家都在光着脚走路。

怎么穿得惹人注目，只有唯一的一个处方：去找一件干净衬衣，褐色低帮皮鞋，一条不花哨的领带，西服上装，梳梳头洗洗脸，也可去买顶礼帽。然后悄然出门。

人们虽然不会顾盼，不会停下脚步来，可是您的目的达到了。

您将是不同的，别样的，您将区别于他人，您将默默无闻，但您将是彻底与众不同，因为你保持了本来面目。是个人什么样就让它是个什么样。

也许谁也没认识到这一点，正因为如此才有意思哩！

这是从服装领域里举出来的例子，在思想领域里、在政治或者美的艺术领域里，我不敢妄自发表这种经验之谈。我压根儿就没想到过这么谈。

生与死

［英国］威廉·赫兹里特

威廉·赫兹里特（1778—1830年）是浪漫主义时期英国散文家，他重感性和想象，张扬个性，反对权威和陈规陋习；主张多样和宽容，反对狭隘和专制；支持进步和革命，反对保守和停滞，是19世纪浪漫主义运动中的一位重要代表。

赫兹里特一生的曲折与成就，大都和他的性格有关。散文是赫兹里特一生主要的文学成就。他没有写过小说、剧本或诗歌。他的散文主要分为评论和随笔两大类。在他的随笔写作中，以《燕谈录》、《直言集》影响最大。

生命的确是一份神奇的礼品，她拥有至高无上的特权，当这光彩夺目的恩惠赐予我们时，我们仅只感恩戴德，心旷神怡，却不曾意识到自身的虚无与渺小，不曾想到这一切终会被召回。这并不足为奇。因为我们第一个深刻的印象来自于铺展在我们眼前的壮观景象，它的壮丽，它的永恒，赋予了我们，使我们天真烂漫。对于眼前一个个新颖的发现，我们还不甘心和它告别，或至少把这种考虑留到未知的岁月。犹如一个乡下佬来到了庙会上，对热闹景象大为惊奇，满心欢喜，以至于流连忘返，不知夜幕就要降临。

我们观赏金色的太阳，蔚蓝的天空，浩瀚的大海，在绿草如茵的大地上散步。我们高高在上，一呼百诺。我们登悬崖、临绝壁，俯瞰鲜花盛开的幽谷山涧；我们打开地图，看整个世界摊开在我们面前；我们架起天文望远镜，使遥远的星星近在咫尺；我们通过显微镜，让极小的幼虫显形；我们博览历史，倾听有关西顿、提尔、巴比伦和苏萨的光荣诗篇。然而，我们要说，所有昔日的辉煌均已化为乌有。我们感到，我们生活在这样一个继往开来的时代，处在世界上这样的位置，我们既是观众，又是整个生动景象的一个组成部分。

世界以及我们自己美好的前景向我们愉快地敞开之时，一旦死亡的念头在心头掠过，会使我们倍感寒心。我们感到压抑，我们感到窒息，感到失去了自由，我们不满足现有的知识，我们希望紧紧地拥抱和抓住我们整个的生命，我们要揭示生与死的奥秘。为结束怀疑和恐惧的痛苦，我们要冲破樊笼，勇敢地面对魔窟中的死神。

永　生

[英国] 威廉·赫兹里特

　　处于青春年华的人仿佛觉得自己似神仙长生不老。不错，光阴荏苒，人生的一半已流逝。但满载无穷珍珠的另一半人生正向我们招手。面对锦绣前程，我们充满无限的希冀和神奇的幻想，未来属于我们！

　　对于我们，死亡和衰老是毫无意义的字眼，就像耳边轻风吹过，我们不屑一顾。别人也许承受过生老病死的痛苦，也许还要忍受它们的折磨。而我们的生命"却有魔法保护"，它无情地嘲笑着所有那些病态的幻境。犹如在开始愉快的旅行时，我们热切地极目远眺——

　　欢呼着远方美好的景象。

　　我们阔步向前，一路上看到的是无尽的壮丽风光和新鲜气象。因此，在生命的开端，我们无羁无绊，尽情欢乐，不失良机地满足情趣。我们面前没有艰难险阻，我们意志昂扬，我们仿佛能一往无前，永不停息。我们举目环视：清新的大千世界生机盎然，变化无穷，不断向前。看看我们自己：情绪振奋，精力旺盛，与这世界同步合拍。现有的种种情形使我们无法设想，我们也会按照客观纺规律而为时代所淘汰，也会走向桑榆暮年，也会坠入坟地墓穴。天真无知以及对青春的抽象感觉使我们把自己与天长地久的大自然视为一体；缺乏经验而又感情丰富使我们认为人类像大自然一样永不衰败。我们沾沾自喜，错把短暂的生命，当做和大自然牢不可破的永恒结合，当做不知地冻天寒，不谙风云变幻，没有离愁别绪的蜜月。我们像含笑入睡的婴孩在任意遐想的摇篮中晃晃悠悠，在天地万物的喧闹声中进入安恬的梦乡。我们迫不及待地畅饮着生活的美酒，但不仅无法喝干，而且更多的美酒已满溢而出。生活中无穷的事物纷至沓来，填满了我们的心房，满足了我们的欲望。因而，我们无暇考虑死亡，无暇考虑我们这千千万万灵魂与肉体可能在顷刻之间统统化作灰尘，"让这有知觉的、温暖的、活跃的生命化为泥土"。周围的一切如画似梦，使我们眼花缭乱、头晕目眩，无法窥视墓地的阴森。我们前不见起点，后不见终线，空白的昔日几乎已从记忆中消逝，丰富多彩的未来被匆匆云集而来的事件所遮掩。我们或许能看见讨厌的死亡阴影在地平线上徘徊，但我们却永远也到不了那地平线上……我们觉得，那位两眼昏花、老态龙钟的时间老人，对我们这些精力充沛、灵活敏捷的青年人只能望尘莫及，永远追赶不上。斯泰恩笔下曾生动地描述过一个又笨又胖的厨房帮手，当她听到博比先生去世时，她当即的反应是："我没死！"我们像她那样，他人的死讯丝毫动摇不了我们的信心，反而增强了我们永生的信念，增添了我们对生活的热爱。他人也许像落叶飘零，也许像鲜花遭时间的刀锋摧残而凋谢。然而，目空一切、傲慢至极的青年人对这些充耳不闻，视而不见。直到我们目睹周围爱情的鲜花凋谢，快乐的良辰消逝，希望之火熄灭，一切美好的东西被连根拔去，我们才能领悟到其中的寓意，宏伟的抱负才可能减弱，这时，我们才会正视直逼而来的空虚和沉闷，从而心安理得地去受用墓穴的宁静。

时 钟

[苏联] 高尔基

高尔基（1868—1936年）苏联无产阶级作家，社会主义现实主义文学的奠基人。

高尔基1892年发表处女作《马卡尔·楚德拉》，登上文坛，以后创作的浪漫主义作品有《伊则吉尔老婆子》《鹰之歌》等，现实主义作品如《契尔卡什》《沦落的人们》《柯诺瓦洛夫》等。

1905年革命前夕，高尔基的创作转向了戏剧，他先后写出了《小市民》《底层》《避暑客》《太阳的孩子们》和《野蛮人》等剧本。

1906年高尔基写成长篇小说《母亲》和剧本《敌人》两部最重要的作品，标志着其创作达到了新的高峰。代表作有《海燕之歌》，自传体三部曲《童年》《在人间》《我的大学》等

滴—嗒、滴—嗒！

在万籁俱寂的夜里，独自一个倾听钟摆冷漠无情、连续不断的滴嗒声，是会觉得阴森可怕的。这种声音单调一律，像数学一样精确，永远重复着一句话：生活在不知疲倦地前进。黑暗和睡梦笼罩着大地，万物默默地无声，只有时钟冷冷地、大声地向人们报告分秒的逝去……钟摆在嘀嗒作响，每一

响都标志着生命缩短一秒钟，标志着大自然赋予我们每人生命中的一瞬间已经一去不复返了。这些分分秒秒是从何处来，又向何处去？谁也回答不了这个问题……还有许多别的、更重要的问题没有答案，而我们的幸福却又取决于这些问题的解答。怎样生活才能觉得自己是生活所需要的人？怎样生活才能不失掉信念和愿望？怎样生活才能使度过的每一秒钟都能激励我们的精神和智慧？永无休止地运动着的时钟也许有一天会回答这一切——它会说些什么呢？

滴—嗒、滴—嗒！

世上没有比时钟更冷漠无情的了：它总是那样节奏准确地响着，在你诞生的时候是如此，在你贪婪地折下青春幻想花朵的时候也是如此。人从出生之日起，每过一天便向死亡靠近一步。而在你濒死语哽时，时钟也将枯燥地、无动于衷地计算着你末日的分秒。在它冷冰冰的计算中——请仔细听——响着一种因洞悉一切而感到慵困倦怠的声音。自古至今任何东西也不曾使它激动、使它感到珍贵。它是冷漠无情的。所以，如果我们想生活，就必须为自己创造出另一种时钟，思想感情丰富的、勇于行动的时钟，来代替这种乏味、单调、以其阴郁伤人心神、含有责备意味冷冷作响的时钟。

三

滴—嗒、滴—嗒！

在时钟不知疲倦的运动中没有静止点，什么东西我们能称作"现在的"呢？一秒刚诞生，第二秒便随之而来，把前者推进到未知的深渊……

滴—嗒！你是幸福的。滴—嗒！痛苦的灼人的毒液又流进你的心房。如果你不想方设法用新的、充满活力的东西充实你生活的每一秒钟，这痛苦就可能成为你终身伴侣，伴随你度过生命的分分秒秒。苦难是诱人的，这是一种危险的特殊享受。有了它，我们通常便不再寻找别的、更崇高的做人的权利了。然而这种苦难，因为触目皆是而变得身价低廉，已不为人们所注目了。所以，苦难未必值得珍视，应该用一些更独特、更可贵的东西来充实自己，不是吗？苦难——是一种跌了价的黄金。不应该向任何人抱怨生活：安慰的话语中很少包含着人们寻找的那种东西。生活只是在人们同妨害他们生活的东西斗争时，才会变得更丰富、更有趣味。在斗争中那些烦人的、枯燥的时间会在不知不觉中飞逝而去。

四

滴—嗒、滴—嗒！

人的生命短得可笑。怎样生活？一些人千方百计逃避生活，另外一些人把自己整个身心献给了它。前一种人在晚年时精神空虚，无所回忆；后一种人——精神和回忆都是丰富的。两种人都要死去，如果他们不把自己的智慧、身心无私地献给生活，他们在世上都会一无所留……而当你们濒临死亡时，时钟将无情地计算你们弥留的时刻——滴嗒！就在同时，每秒钟又会有新人诞生。可你已经不在人世，除了你的躯体，你的任何东西都不会在生活中留下，而这躯体也将腐烂发臭。机械呆板的造物者把你投胎世界，而后又把你拖离人间，如此而已。难道你的尊严能不为此恼怒吗？假如你是骄矜的，因顺从时间的秘密使命而感到屈辱，那就在生活中加深对自己的认识吧！想一想你在生活中扮演的角色：一块制成的砖，静静地躺在一座楼房内，后来变成了粉末，消逝不见了……做这样一块砖是乏味的，庸俗的，是不是？如果你有智慧和精神，如果你想体验生活中那些美好的、思想感受丰富的动荡时刻，就不要同这块砖一样吧！

五

滴—嗒、滴—嗒！

如果你仔细思考一下，在这时钟无限的运动中你本身具有多大价值，你会认识到自己是微不足道的，并因而心情沉重。这种意识会使你觉得是受了侮辱！这种意识将唤起你的骄矜，你将对贬低你的生活产生敌意，并宣布同它斗争。以什么名义呢？当大自然剥夺了人类用四肢爬行的能力时，又给了他一根拐杖，这就是理想！从那时他就无意识地、本能地追求美好的东西，天天向上。把这种追求变成自觉的吧，让人们懂得，只有在对美好事物的自觉追求中，才有真正的幸福。不要埋怨自己无能，什么也不要埋怨。你的诉苦给你带来的只能是精神贫乏的人们的怜悯和施舍。人们都是同样不幸的，但是最不幸的还是那些用不幸来美化自己的人。这些人比任何别人都更渴求自己的赏识，可又偏偏最不值得别人青睐。向前、追求——这才是生活的目的。让整个生活都成为一种追求吧，届时生活中将出现一种高度美好的时刻。

六

"人的道路既然遮隐，神又把他四面围困，为何有光赐给他呢？"这是老约伯问上帝的话。现在已经没有这样勇敢的人了，他铭记自己是上帝的儿女、是按照上帝的模样创造出来的，敢于像老约伯那样质问上帝。现在的人们自视卑贱。他们并不怎样热爱生活，甚至不会热爱自己。然而却惧怕死亡，虽然人所共知死亡是不可避免的。不可避免的东西总是合乎规律的。须知从人在地球上出现时起，死亡的过程便已开始，是该明白这一真理的时候了。意识到此生不虚，可以消除对死亡的恐惧；忠诚走过的生活道路，会给人一个安宁的结尾。滴—嗒……人死后只有他的事业留存下来。他的时刻同他的愿望一起中断了，而另一种时刻，对他生活做出评价的严峻时刻将接踵而至。

七

滴—嗒、滴—嗒！

其实，在这矛盾错综、充斥着谎言和仇恨的世界上，一切都是非常简单的。如果人们能互相洞察内心和各有知己，那么一切就会变得更加简单。

独自一人总是渺小的，除非他是一位伟人。我们应当互相了解：因为我们思想要比我们说话明智、清晰得多。人要想在别人面前敞开心扉，却痛感言辞贫乏，生活中很多伟大、重要的智慧都湮灭了，完全归咎于不能及时找到所需要的表达形式。诞生了一种思想，极欲把它体现在语言之中，清晰有力的语言之中……然而竟找不到恰当的言辞。

更加关心思想吧！帮助它诞生吧！你们的这种劳动会得到酬报的。到时，在一切事物中都包含着思想——甚至在石头缝中也会发现它，只要你有这种愿望。只要人们想获得一切，就能获得一切；只要他们想成为生活的主宰，就可以成为主宰，而不是像现在这样，做生活的奴隶。只要有生活的愿望，骄傲地意识到自己的力量，整个生活便会成为充分表现精神力量的时刻，创造令人惊叹的神圣的丰功伟绩的时刻——美妙的时刻，伟大的时刻。

八

滴—嗒、滴—嗒！

精神坚强的、勇敢的人们，献身于真理、正义和美的人们万岁！我们不认识他们，因为他们是高傲的，不求奖赏。我们看不到他们是如何欢乐地燃烧着自己的心。他们用耀眼的光辉照亮生活，使盲人看见了天日。应该让更多的盲人能看到天日，应该让所有的人都能看到他们的生活是多么荒谬、不公正、不合理，对这种生活觉得可怕和厌恶。能主宰自己愿望的人万岁！全世界——都在他的心中，全世界的痛苦，全人类的苦难——都在他的心灵里。生活的罪恶和污浊，生活的谎言和残忍——都是他的敌人；他把自己全部的时刻慷慨地献给斗争，他的生活充满着狂烈的欢乐，美妙的愤怒，高傲的不屈不挠精神……不吝惜自己——这是世界上最骄傲、最美的智慧。不吝惜自己的人万岁！只有两种生活方式：腐烂和燃烧。胆小鬼和贪婪之徒选择前者，勇敢和慷慨无私的人选择后者；每个热爱美的人都清楚，伟大寓于何处。

我们生活的时钟是空虚、乏味的时钟；不要吝惜自己，让我们用美丽的功勋来充实它吧，唯有如此我们才能感受到充满欢乐悸动、洋溢炽热豪情的美妙时刻！不吝惜自己的人万岁！

时 间

[前南斯拉夫] 伍里采维奇

德维特·伍里采维奇（1840—1916年），是前南斯拉夫塞尔维亚最著名的散文作家之一。他写了大量有关哲学和宗教的随笔和论文，他的文章富于激情和高尚的理想。

我从母亲那儿学会如何工作，并憎恶懒惰。她常说："时间就是永恒……人们荒废时间就是荒废永恒。"她还常说："在这世界上没有什么美好的东西，也许时间就是我们拥有的唯一美好的东西；让我们别荒废它吧……谁能知道明天会发生什么事呢。"

时间！然而，这个词语意味着什么？我们诞生，我们活着，我们死去，并且认为这一切都是按时发生的，仿佛时间是某种巨大、崇高、宽广和深邃的东西；仿佛它是一个无边无际的天体，包容着一切发光的世界，包含着生命和死亡，而这个地球像是蓝色的大海，无数的鱼在其中相聚相依，同泳同游。我们把已经做过的一切叫做过去；把正在做的一切叫做现在；而我们将要或试图去做的一切则称之为未来。而所有这一切都在我们身内，不在我们身外。过去了的存贮在我们的记忆中，现在正吸引着我们的注意力，而将要来的则包容在我们的希望和期待之中。

我们总是在期待着什么；我们的生命就是在期待中耗费掉了；我要说，生命本身就是一种期待。我们认为某个时刻将会到来，而且一定会到来，那时我们的期待将会实现。在某种情况下，满足和实现我们的希望似乎依赖于时间，在另一些情况下，我们坚定地相信并且确认，时间依赖于我们，而我们并不能使它缩短或延长。

我们把时间分为时代、世纪、年代，并给这些虚构的划分取上名字，把它们看做是某种真实的存在于它们自身之内并独立于我们的意识之外的某种东西。我们相信我们真正量度了时间，而实际上在我们的意识之外并不存在什么东西；在我们的书籍之外也不存在什么东西，在书中我们写下了我们的思想、我们的谬见和我们的空虚的言辞。时间在其自身中什么也不是；它不是实在，不是实体，而是人的思想、观念，书中的一个词，石头上的一道刻痕。

亲爱的死去的母亲，当你说："时间就是永恒……人们荒废时间就是荒废永恒。"或许你说出的是一个巨大的真理，或许你的朴素的思想（并非自觉自愿）所要达到的不是哲学家，而是父亲！一个人在他的民族中是个伟人，在上帝面前也是正直的，他也许会这样祈祷："教我们计算我们的日子吧，这样我们就有可能使我们心灵专注于寻求智慧。"

我注意到天才和头脑简单的人之间有某种相似之处，他们都能够显示真理：前者通过理性的力量得到它，后者则通过他们的心和爱。庸人并不是真正的人。

一位外科大夫的遗言

[美国]约翰·麦克唐纳

我作为一名普外大夫，接触过几乎所有癌症。我看过有些病人死于小肿瘤，另一些病人身患大肿瘤却活着。当我不得不告诉病人及其家属亲友"是的，是恶性肿瘤"时，我看见他们是怎样的惊恐万状。

外科大夫在与癌症病人相处时，须保持应有的冷静。当你被告知你或你亲人患了癌症时，癌症已成为顽敌，不再那么遥远了。

我听过两次可怕的宣判：第一次是亡妻玛丽怀孕八个月时，得知她患了白血病；第二次是在我做了心脏手术四个月后，拍片检查时发现左肺有阴影。

那天上午，玛丽发现手臂上有紫癜性斑点（像针头大小的血点），我叫她去验血。后来，我办公室的电话响了。电话是多伦多圣迈克尔医院的同事、血液学专家肯·巴特勒打来的。

"约翰，"他说，"有点事会让你吃惊：玛丽的血小板计数只有2万。我得立即做骨髓检查。"

翌晨，肯给我家里打来了电话，他若无其事地说："约翰，上午来一下好吗？"其实，我听得出他是在故作镇静。一位好大夫是不会在电话里告诉别人坏消息的，因此我本能地意识到肯要告诉我什么不幸的事了。

当肯告诉我玛丽患了急性骨髓细胞性白血病时，我泪流满面，恢复镇静后问："她还有希望吗？"

"除非病情缓解，不然，最多只能活六至八周。"

他预测的准确度令人震惊。新生儿幸存下来了，因为白血病是通不过胎盘屏障的。

经过这两次打击，我认为病人家属"得知患癌消息"所受的痛苦远比病人自己大。而我作为病人，我知道被诊断出癌症要比被诊断出任何别的病来得更痛苦。比如说，当我知道我需要做心脏手术时，我几乎心生宽慰：我做了手术就会恢复健康了。

然而，我根本没想到会患癌症。因为感到右胸切口旁痛，我在动身去打野鸭的前几天做了次X光检查，后来我就把这事忘了。在回家那天上午，胸外科大夫克莱尔·贝克就打来了电话。

"约翰！我们还要给你拍几张胸片。"

"要看什么？"

"你左肺叶上有个小疤，可能为术后所致吧。如能来，我们上午给你拍。"

淋浴时，我才悟到他话里有话。过去四个月里我曾拍过多张胸片，却没发现什么。我觉得右胸痛，而非左胸。我感到事情不妙了。

后来，当我们把X光片放在看片灯上看时，我亲眼看到了我生活中的致命情景：我在注视着自己左肺上的癌。

我感到需要更多的空气，便跑下了楼，进了街对面的圣迈克尔教堂。我跪在长条凳上，连做祈祷也无力了，一时觉得自己陷入了绝望。我忆起英国诗人约翰·多恩的诗句："谁的钟声响了，不必去报知？那就是你的丧钟。"

我从最初的震惊中恢复过来后，接着想到的是，"我的病究竟有多严重"和"我还能活多久"。多数人得知"患了癌症"这种毁灭性消息时，都表现出顽强的精神，的确，在我告诉我的病人他们患了癌症时，他们的勇气往往使我惊异不已。我常想："我也会那么勇敢吗？"但当你振作起来，不再感到自己可怜时，你便真正同癌症开战了。这时，我们做大夫的会听到病人说：

要是我们认识到我们在世之日只是宇宙的一个微不足道的小点，那么，用年月来计算生命不可能像我们想象的那样重要了。为何要用心跳来衡量生命呢？

虚度的时光

[意大利] 迪·布扎蒂

迪·布扎蒂（1906—1972年），意大利著名作家，被誉为"意大利的卡夫卡"。

布扎蒂擅长深刻的描绘人物、命运、欲望，罗织魔幻、秘密的笔法，甚至挑战理性的事实，让幻想成真。作品主要是短篇小说集，如《七位信史》《史卡拉歌剧院之谜》《那一刻》《垮台的巴利维纳》《六十则短篇》《魔法演练》而《山上的巴纳伯》《老森林的秘密》两书则奠定了布扎蒂道德寓言作家的名声。《鞑靼人的荒漠》确定了布扎蒂的文学地位，为他博得了"意大利的卡夫卡"之名。1966年发表的短篇小说《魔法外套》及两年后问世的短篇小说精选集《神秘小店》，可说是他神秘、幻想风格的代表作品。

埃斯特·卡西拉买了一幢豪华的别墅。此后，他每天下班回来，总看见有个人从他花园里扛走一只箱子，装上卡车拉走。

他还来不及叫喊，那人就走了。这一天他决定开车去追。那辆卡车走得很慢，最后停在城郊的峡谷旁。

卡西拉下车后，发现陌生人把箱子卸下来扔进了山谷。山谷里已经堆满了箱子，规格式样都差不多。

他走过去问："刚才我看见您从我家扛走一只箱子，箱子里装的是什么？这一堆箱子又是干什么用的？"

那人打量他一眼，微微一笑说："您家还有许多箱子要运走，您不知道？这些箱子中都有您虚度的日子。"

"什么日子？"

"您虚度的日子。"

"我虚度的日子。"

"对。您白白浪费掉的时光、虚度的年华。您曾盼望美好的时光，但美好时光到来后，您又干了些什么呢？您过来瞧瞧，它们个个完美无缺，根本没有用过。不过现在……"

卡西拉走过来，顺手打开了一个箱子。

箱子里有一条暮秋时节的道路。他的未婚妻格拉兹正在那里慢慢走着。

他打开第二个箱子，里面是一间病房。他弟弟约苏躺在病床上在等他归去。

他打开第三只箱子，原来是他那所老房子。他那条忠实的狗杜克卧在栅栏门口等他。它等了他两年了，已经骨瘦如柴。

卡西拉感到心口被什么东西夹了一下，绞痛起来。陌生人像审判官一样，一动不动地站在一旁。

卡西拉说："先生，请您让我取回这三只箱子吧，我求求您。起码还给我三天吧。我有钱，您要多少都行。"

陌生人做了个根本不可能的手势，意思是说，太迟了，已无法挽回，说罢，那人和箱子一起消失了。

夜幕悄悄降临，把大地笼罩在黑暗之中。

自由与生命

[美国] 索尔·贝洛

索尔·贝洛（1915—2005年）出生于加拿大魁北克省一个俄国犹太移民家庭美国著名作家，一生笔耕不辍，1963年起成为美国社会思想委员会委员，1970至1976年任该委员会主席。他的第一部小说《晃来晃去的人》出版于1944年。1976年因《汉堡的礼物》一书摘取普利策奖，尔后又问鼎世界文坛最高荣誉诺贝尔文学奖。贝洛继承了20世纪30年代的现实主义传统，又纳入现代的存在主义哲学。他的代表作品还有《奥吉·马琪历险记》《赫尔索格》《雨王亨德森》等。2000年，85岁高龄的他还出版了长篇小说《拉维尔斯坦》。

八月的一天下午，天气暖洋洋的，一群小孩在十分卖力地捕捉那些色彩斑斓的蝴蝶，我不由自主地想起童年时代发生的一件印象很深的事情。那时我才12岁，住在南卡罗来纳州，常常把一些野生的活物捉来放到笼子里，而那件事发生后，我这种兴致就被抛得无影无踪了。

我家在林子边上，每当日落黄昏，便有一群美洲画眉鸟来到林间歇息和歌唱。那歌声美妙绝伦，没有一件人间的乐器能奏出那么优美的曲调来。

我当机立断，决心捕获一只小画眉，放到我的笼子里，让她为我一人歌唱。

果然，我成功了。她先是拍打着翅膀，在笼中飞来扑去，十分恐惧。但后来她安静下来，承认了空虚新家。站在笼子前，聆听我的小音乐家美妙的歌唱，我感到万分高兴，真是喜从天降。

我把鸟笼放到我家后院。第二天，她那慈爱的妈妈口含食物飞到了笼子跟前。画眉妈妈知道这样比我来喂她的孩子要好得多。看来，这是件皆大欢喜的好事情。

接下来的一天早晨。我去看我的小俘虏在干什么，发现她无声无息地躺在笼子底层，已经死了。我对此迷惑不解，不知发生了什么事，我想我的小鸟不是已得到了精心的照料吗？

那时，正逢著名的鸟类学家阿瑟。威利来看望家父，在我家小住，我把小可怜儿那可怕的厄运告诉了他，听后，他作了精辟解释："当一只母美洲画眉发现她的孩子被关进笼子后，就一定要喂小画眉以致死的毒莓，她似乎坚信孩子死了总比活着做囚徒好些。"

从此以后，我再也不捕捉任何活物来关进笼子里。因为任何生物都有对自己自由生活的追求，而这种追求无疑是值得肯定的。

老 人

[伊朗] 穆罕默德·赫加泽

穆罕默德·赫加泽（1900—1970年）伊朗著名作家，主要作品有《胡玛》《帕里切哈尔》《泪》《帕尔旺尼》《泽巴》以及文学小品集《镜子》《沉思》《微风》和《旋律》等。他的小说主要描写上层社会妇女形象，主要思想倾向是宣扬在逆境中要退避忍让，追求道德上的自我完善；他的语言优美流畅，是规范化的现代波斯语。

听说，在雷扎耶市附近的一个村庄里，有一位一百三十岁的老人。我们前去拜访，一路谈论长寿。年轻人谈笑风生。我从青年们的谈笑声中发现，在他们眼里，"老"是滑稽可笑的。真怪，他们从不用"老"的镜子照一照自己明天的样子！一位上年纪的随行朋友，引经据典，激动地说："人的自然寿命更长，过错在我们自己，我们用'欲望'的剪刀，剪短了生命的绳索！"这位朋友慷慨陈词，并非鞭策青年，因为他知道年轻人不怕老，也不相信自己会老。他说出内心的愿望，是为鞭策自己。

我们来到老人的家。老人坐在垫子上，背靠着墙。他发觉我们走进屋子，望着我们。从他的头部的动作和眼神，看得出他在对我们说什么，但听不清他的声音。

女佣贴在他耳边说，某某先生是位庄园主，同朋友拜访来了。

老人双眉一锁，略微一想，说："我认识，欢迎你。"说话的声音听着费劲、难懂。

两个人搀扶着老人的胳膊，在他耳边说："站起来，他们要给您拍个照。"他像个睡意蒙眬的孩子，不由自主。倘若没有那两个人的帮助，会摔倒的。我思索着："我们手脚灵活，有时尚且为无能苦恼，这个无能的可怜人，却为何至今未因害怕无能而死？他已是风烛残年，这摇曳的生命之灯，临寒风而不灭，究竟靠的是什么？"

他们把老人搀扶到椅子跟前，说："坐下。"

老人似乎没有听见，或是不想去听，他不肯坐下。

我们中间，有一个悄声说："他怕摔倒。"

突然，奇迹出现。老人身子一挺，站直了。他高声说："我不怕，我从来没有怕过！"

我终于明白：老人的生命靠勇敢延续。

是的，我们的软弱、悲伤和短命，都是因为害怕——怕病痛、怕穷困、怕落后、怕倒霉……不然，一个勇敢的人，寿命要超过一百三十岁呵！

对号入座

[英国] 杰罗姆

杰罗姆（1859—1927年），出生于英国斯坦福特郡，是英国现代著名的幽默大师、小说家、散文家、戏剧家。其作品以幽默睿智见长，饱含对人生的感悟，后期作品较为严肃深沉幽默杰作《三人同舟》和《懒人懒思录》至今仍是英语世界广受欢迎的名作，也奠定了作者在世界文坛的独特地位。

杰罗姆的文章幽默、睿智，写作手法不拘一格，遣词造句信手拈来，不避俚俗。

我的肝脏出了问题，这是我读了一则肝片广告后得出的结论。该广告罗列了肝病的种种症状，人们据此可以判断自己的肝脏是否有病，所有的症状我都有。

这件事虽然有些意外，不过每当我读到一则药物广告时，总会联想起平时感觉到的某些不适，从而推断自己得了广告上所说的那种病。而且病已久入膏肓。

有一次，我怀疑自己得了枯草热病，就去大英帝国图书馆查找有关资料。我读了医学百科全书中有关枯草热病部分以后，又随手浏览起书上的其他疾病来。这一看可不得了，没等我把第一种病的"前驱症状"看完，我就已经得出结论：我又患有此病。

我呆坐着，恐惧使我周身战栗。过了一会儿。我又拿起书本，机械地翻阅着。我有伤寒——读了伤寒病的症状后，我就这样断定，而且已有几个月了，我却毫无察觉；舞蹈病，如我所料，我也患了。我对自己这个病例逐渐产生了兴趣，决定将书里的全部疾病，按照26个英文字母顺序细查到底，读到疟疾，发现自己不仅患着，而且两周以后会急性发作；布耐特氏肾脏病，幸好我得的只是轻型的（仅此一点，我还能活上几年）；还有霍乱，已经出现严重的并发症；白喉，我好像与生俱来……等我翻完全书时，我所能肯定自己唯一没得的疾病，只有膝盖骨囊炎。

起初我着实感到忿忿不平，这似乎是对我的一种轻蔑。为什么不让我得膝盖骨囊炎？为什么要有这令人扫兴的例外，过了一会儿，我才平静下来，不再认为自己该得世上所有的疾病了，我思忖自己已经得了医学上除膝盖骨囊炎以外的其他任何疾病，感情就不那么自私了，觉得没得膝盖骨囊炎也没什么关系。痛风病不是早有了吗？眼看到它就要进入危险期，可自己还毫无察觉。发酵病，我肯定是从孩提时代就有。因为发酵病在书上排列最末，所以我认定自己再没有其他什么病了。

我坐在那里陷入了沉思。我想，从医学角度来看，我是一个多么有趣的病例！对整整一个班的医学生来说，又会给他们带来多少收获！学生们要是拥有我这个病例，再也不必费神去跑医院。我个人就是一所医院。他们只要围着我转转，就可以拿到毕业文凭。

我想知道自己到底还能活多久，于是试着作自我检查。先是搭脉，起先根本就感觉不到脉搏，后来突然间似乎又有了。我取下手表一数，每分钟竟达147次！接着，我又去触摸心跳，没摸着，我便想它是否已经停止了跳动。后来我又纠正自己，心脏肯定还在某个地方跳动着，只是我无法解释这种现象罢了。我拍拍前胸和后背，又拍了拍身体两侧，并没发现异常。我想看看舌头，便尽力将舌头伸出口外，闭上一只眼，用另一只眼睁着看，但只能看到舌尖，而我唯一能从中得出的，是比以往更肯定了：我还得了猩红热。

刚刚跨进阅览室的时候，我还是一个健康快乐的人，可此时怏怏而出的我，却已成一个百病缠身、衰朽不堪的病夫了。

我去找我的一个老朋友，他是医生，每当我自以为有病的时候，他就给我诊脉，给我望舌，同我谈论天气，而且分文不取。所以我想现在得回报他一点什么好处。"一个医生最需要的是什么？"我自问自答，"当然是实践。他若有我，就会得到比1700个只患一种两种病的普通病例加起来还要多的实践。"于是，我径直跑去找他。"你又有什么不舒服了吗？"他问。

我说："伙计，我不想因为告诉您我有哪些不舒服而浪费您的一生。生命是短暂的，只怕我还没讲完，您就要谢世了。可我能告诉您我没得哪种病。我只是没得膝盖骨囊炎。为什么不得这种病，我说不上来，但事实如此，其余的病我都得了。"

接着，我把如何发现这件事的经过原原本本地告诉了他。

他解开了我的衣服，仔细看着我。然后，趁我不备在我胸前敲了敲，紧接着，俯身将脸贴在我身上听了听。最后坐下开了处方，并将处方折起来递给我。

我把它揣进口袋走了出来。

我没有打开处方，来到就近的一家药店，把它递了进去。药剂师看了看，退了回来。

他说没有上面写着的那些东西。

我问："您是药剂师吧？"

他回答："我是药剂师。如果我这里是合作商店兼营家庭旅社的话，兴许会让您满意。可我仅是一名药剂师，对此我无能为力。"

我读了读处方，上面写着：

每六小时一磅牛奶，加一品脱苦味啤酒。

每天早晨步行10公里。

每天晚上准11时就寝。

不要把不理解的东西塞进自己的脑子。

我照着做了，其结果是令人高兴的——就我个人而言，我不仅活了下来，而且还活得非常轻松愉快！

怎样活着

[古希腊] 德谟克里特

德谟克利特（约公元前460—公元前370年或公元前356年），古希腊的属地阿布德拉人，古希腊伟大的唯物主义哲学家，原子唯物论学说的创始人之一。

德谟克利特一生勤奋钻研学问，知识渊博，他在哲学、逻辑学、物理、数学、天文、动植物、医学、心理学、伦理学、教育学、修辞学、军事、艺术等方面都有所建树。

他通晓哲学的每一个分支，同时，他还是一个出色的音乐家、画家、雕塑家和诗人。他是古希腊杰出的全才，在古希腊思想史上占有很重要的地位。著有《小宇宙秩序》《论自然》《论人生》等，但仅有残篇传世。

卑劣地、愚蠢地、放纵地、邪恶地活着，与其说是活得不好，不如说是慢性死亡。

追求对灵魂好的东西，是追求神圣的东西；追求对肉体好的东西，是追求凡俗的东西。

应该做好人，或者向好人学习。

使人幸福的并不是体力和金钱，而是正直和公允。

在患难时忠于义务，是伟大的。

害人的人比受害的人更不幸。

做了可耻的事而能追悔，就挽救了生命。

不学习是得不到任何技艺、任何学问的。

蠢人活着却尝不到人生的愉快。

蠢人是一辈子都不能使任何人满意的。

医学治好身体的毛病，哲学解除灵魂的烦恼。

智慧生出三种果实：善于思想，善于说话，善于行动。

人们在祈祷中恳求神赐给他们健康，却不知道自己正是健康的主宰。他们的无节制戕害着健康，他们放纵着情欲，自己背叛了自己的健康。

通过对享乐的节制和对生活的协调，才能得到灵魂的安宁。缺乏和过度惯于变换位置，将引起灵魂的大骚动。摇摆于这两个极端之间的灵魂是不安宁的。因此应当把心思放在能够办到的事情上，满足于自己可以支配的东西。不要光是看着那些被嫉妒、被羡慕的人，思想上跟着那些人跑。倒是应该将眼光放到生活贫困的人身上，想想他们的痛苦，这样，就会感到自己的现状很不错、很值得羡慕了，就不会老是贪心不足，给自己的灵魂造成苦恼。因为一个人如果羡慕财主，羡慕那些被认为幸福的人，时刻想着他们，就会不由自主地不断搞出些新花样。由于贪得无厌，终于做出无可挽救的犯法行为。因此，不应该贪图那些不属于自己的东西，而应该满足于自己所有的东西，将自己的生活与那些更不幸的人比一比。想想他们的痛苦，你就会庆幸自己的命运比他们的好了。采取这种看法，就会生活得更安宁，就会驱除掉生活中的几个恶煞：嫉妒、眼红、不满。

这种动物叫做人

[德国] 图霍尔斯基

库尔特·图霍尔斯基（1890—1935年）魏玛共和国时期笔锋最为犀利的记者和作家以及出色的文学评论家，同时他还以敏锐的目光洞察他所处的那个时代的政治和社会发展。

图霍尔斯基发表了约一百篇作品和几千篇报刊文章，是魏玛共和国最著名的记者之一。他是坚定不移的和平主义者，蔑视当时贵族的尚武倾向，主张人权。早在希特勒攫取权力之前他就以敏锐的洞察力抨击纳粹党势力的蔓延。后来由于国籍被剥夺，他成为当时德国的第一批流亡者，从1930年开始定居在瑞典哥德堡附近的小镇欣达斯。1935年，他因承受不了心理的重压和病痛的折磨而自杀身亡。

人有两条腿和两个信仰。境况好的时候，他有一种信仰，境况不好的时候他又有一种信仰。这后一种信仰就叫宗教。

人是脊椎动物，有一颗不朽的灵魂；还有一个祖国，以使他不至于太狂妄。

人是通过自然的方式产生的，然而这种自然的方式却被他认为是不自然的，并且不愿意谈及它。他被生了出来，可是并没有人问他要不要被生出来。

人是一种有用的生物，因为士兵的阵亡可以抬高股票价格，矿工的死亡可以提高矿主的利润，人的死亡可以让科学、文化、艺术跃上一个新台阶。

人除了繁衍后代和吃喝的本能以外，还有两种癖好：制造噪音，不注意听别人说话。人简直可以被界定为一种从不听别人说话的生物。如果是智者的话，那他这样做是对的：因为他所听到的很少是明智的话。人很喜欢听的是：承诺、谄媚、赞许和夸奖。当你说谄媚话的时候，不妨把你想要说的话再作三分夸张。

人对同种是苛刻的，所以他发明了法规。他自己不能做的事，其他人也当然不能做。

要想信任一个人，你最好骑在他背上；最起码在你压在他身上的这段时间里，你是有把握他不会跑开的。有的人也信赖品德。

人分成两种：

男的那种不愿意思考，女的那种不会思考。这两种人都有所谓的感觉：撩起这种感觉的最保险方式是调动人体的某些敏感部位。这种情形又让一些人分泌出抒情诗。

人是荤素皆食的生物；在北极探险的途中他们有时也吃自己的同类；但法西斯把这一切又都给抵消了。

人是一种政治性的生物，最喜欢堆成团度过他的一生。任何一堆都痛恨其他的堆群，因为那是其他的；但又恨自己的这堆，因为那是自己的。这后一种恨被称为爱国主义。

每个人都有一个肝，一个脾，一个肺和一面国旗；所有这些器官都是缺一不可的。据说有没有肝、没有脾、只有半个肺的人；可是没有国旗的人是没有的。

繁衍行为微弱的话，人就会想出各种招数：斗牛、犯罪、运动和司法。

友好相处的人是没有的，有的只是统治与被统治的人。不过还没有能统治自己的人，因为他身上持不同政见的奴性的一半总是比有掌权癖好的另一半强大。每个人都是自己手下的败将。

人是不喜欢死去的，因为他不知道死了以后还会发生什么事。即使他自以为已经知道死后将会发生什么，他还是不想死，还想让老朽的躯体再支撑一阵子。说是一阵子，实际有那么点"永恒"的意思。

另外，人还是这样一种生物：进门之前首先敲门，放糟糕的音乐，让他的狗乱叫。人有时候也会安静下来，但那时他已经死了。

人的伟大

[法国] 帕斯卡尔

布莱兹·帕斯卡尔（1623—1662年）《帕斯卡尔思想录》的作者。是法国17世纪最具天才的数学家、物理学家、哲学家。他在理论科学和实验科学两方面都做出了巨大贡献。几何学上的帕斯卡尔六边形定理、帕斯卡尔三角形，物理学上的帕斯卡尔定理等均是他的贡献。他还创制了世界上第一台计算机，制作了水银气压计。他同时还是概率论的创立人之一。

思想形成人的伟大。

人只不过是一根苇草，是自然界最脆弱的东西；但他是一根能思想的苇草。用不着整个宇宙都拿起武器来才能毁灭；一口气、一滴水就足以致他死命了。然而，纵使宇宙毁灭了他，人却仍然要比致他于死命的东西更高贵得多；因为他知道自己要死亡，以及宇宙对他所具有的优势，而宇宙对此却是一无所知。

因而，我们全部的尊严就在于思想。正是由于它，而不是由于我们所无法填充的空间和时间我们才必须提高自己。因此，我们要努力好好地思想，这就是道德的原则。

能思想的苇草——我应该追求自己的尊严，绝不是求之于空间，而是求之于自己的思想的规定。我占有多少土地都不会有用；由于空间，宇宙便囊括了我并吞没了我，犹如一个质点；由于思想，我却囊括了宇宙。

人既不是天使，又不是禽兽；但不幸就在于想表现为天使的人却表现为禽兽。

思想——人的全部的尊严就在于思想。

因此，思想由于它的本性，就是一种可惊叹的、无与伦比的东西。它一定得具有出奇的缺点才能为人所蔑视；然而它又确实具有，所以再没有比这更加荒唐可笑的事了。思想由于它的本性是何等的伟大啊！思想又由于它的缺点是何等的卑贱啊！

然而，这种思想又是什么呢？它是何等的愚蠢啊！

人的伟大之所以为伟大，就在于他认识自己可悲。一棵树并不认识自己可悲。

因此，认识（自己）可悲乃是可悲的；然而认识我们之所以为可悲，却是伟大的。

这一切的可悲其本身就证明了人的伟大。他是一位伟大君主的可悲是一个失了地位的国王的可悲。

我们没有感觉就不会可悲；一栋破房子就不会可悲，只有人才会可悲。

人的伟大——我们对于人的灵魂具有一种如此伟大的观念，以致我们不能忍受它受人蔑视，或不受别的灵魂尊敬；而人的全部的幸福就在于这种尊敬。

人的伟大——人的伟大是那样地显而易见，甚至于从他的可悲里也可以得出这一点来。因为在动物是天性的东西，我们人则称之为可悲；由此我们便可以认识到，人的天性既然有似于动物的天性，那么他就是从一种为他自己一度所固有的更美好的天性里面坠落下来的。

因为，若不是一个被废黜的国王，有谁会由于自己不是国王就觉得自己不幸呢？人们会觉得保罗·哀米利乌斯不再任执政官就不幸了吗？正相反，所有的人都觉得他已经担任过了执政官乃是幸福的，因为他的情况就是不得永远担任执政官。然而人们觉得柏修斯不再做国王却是如此之不幸——因为他的情况就是永远要做国王——以致人们对于他居然能活下去感到惊异。谁会由于自己只有一张嘴而觉得自己不幸呢？谁又会由于自己只有一只眼睛而不觉得自己不幸呢？我们也许从不曾听说过由于没有三只眼睛便感到难过的，可是若连一只眼睛都没有，那就怎么也无法慰藉了。

对立性。在已经证明了人的卑贱和伟大之后——现在就让人尊重自己的价值吧。让他热爱自己吧，因为在他身上有一种足以美好的天性；可是让他不要因此也爱自己身上的卑贱吧。让他鄙视自己吧，因为这种能力是空虚的；可是让他不要因此也鄙视这种天赋的能力。让他恨自己吧，让他爱自己吧，他的身上有着认识真理和可以幸福的能力；然而他却根本没有获得真理，无论是永恒的真理，还是满意的真理。

因此，我要引人渴望寻找真理并准备摆脱感情而追随真理（只要他能发现真理），既然他知道自己的知识是彻底地为感情所蒙蔽；我要让他恨自身中的欲念——欲念本身就限定了他——以便欲念不至于使他盲目做出自己的选择，并且在他做出选择之后不至于妨碍他。

你是人

[黎巴嫩] 努埃曼

米哈依勒·努埃曼（1889—1988年）是黎巴嫩海外文学"三杰"之一。他曾经历第一次世界大战的洗礼，这场战争使他看到了现代文明的另一面，增强了他的反战意识和人道主义立场，对他的创作有很大的影响。

他的小说创作以短篇为主，有《往事悠悠》《大人物》《粗腿壮》等，中长篇有《相会》《最后一日》等。

除小说外，他还有诗集、剧本、传记、自传等其他体裁的作品。他写出《纪伯伦传》，为阿拉伯现代散文文学增添了一个新的品种——艺术性评传。

努埃曼在1923年出版文学批评专著《筛》，在阿拉伯批评界引起轰动。《筛》被认为是阿拉伯现代文学时期最重要的文学批评著作。

你是人，带着他的一切。

你是其始，亦是其终。由你，他的清泉涌溢。向着你，他的清水流淌。在你身上，他注入了人性。

你是他的治者与被治者，施虐者与受虐者，摧毁者与被毁者。

你是他的施主与受赠人，是他的钉人于十字架者与被钉于十字架者。

你是他的贫者与富者，弱者与强者，显现者与隐遁者。

你是他的行刑者与受刑者，批评者与受批评者，嫉妒者与被嫉妒者。

你是他的高尚者与卑贱者，圣徒与罪人，天使与魔鬼。

你是每一位父亲和母亲的儿子，是每一位兄弟和姐妹的父亲。我来自于你，我逃不开你，你逃不开我，因为你就是我，我就是你，我俩即全人类。

如果没有你，便没有我之为我；如果没有我，便没有你之为你；如果没有我们，便没有他人之为他。

如果没有先于我们者，便没有我们；如果没有我们，便没有广阔时间中的任何一个人。

在你邻居的心中有幸福么？你何不以他的幸福而高兴呢！因为在他的织品中有你灵魂织出的线。你邻居的眼睛看到还是没看到这条线，你均无忧，因为那看到一切的眼睛，已看到了它。

在你邻居的心中有一团火吗？那就让你的心因这团火而燃烧！因为在这团火中，有从你的憎恨与轻蔑的炉火中迸出的一颗火星。

在你邻居的眼中有泪珠吗？那就让你的眼借它而流泪吧！因为在这泪珠中，有你的一粒残酷之盐。

在你邻居的脸上有笑容吗？那就让你的脸对它发出微笑吧！因为在它的甜蜜中，有你的爱发出的光。

你的邻居因犯下的一条罪行而入狱了吗？你何不把你心中的一部分遣入监牢和他同囚，因为你是他罪行的同犯，尽管合法的权力未曾用其法律对你进行审判，而同你一样的一个人也没有判定入狱。

昨天，我看见你在跳舞，且在人群中高喊："鼓掌呀！鼓掌！"难道你不认为，在你身上的欢畅的生命，只有当他人身上的生命欢乐向其鼓掌时才起舞么？当别人跳舞你不鼓掌时，你在想着什么？

昨天，我听见你在诉苦，痛哭："人们啊，听我讲！人们啊，公正地对待我吧，我是被冤枉的！"

如果不是向那些人本身讨公平，那你还能向谁去讨公平呢？如果说你向人们控诉世人，那你为什么不倾听他们向你的控诉和向你本人寻求公正的声音呢?

昨天，我看见你在计算自己的利润，你踌躇满志，对自己的聪明才智大为赞赏。我没听见你说："这是赚别人的钱。"今天，我看见你在计算自己的损失，诅咒着别人的精明狡猾。我听见你说："这是别人抢我的。"你难道对自己成为生活中的股东——"投机商"——不感到羞愧吗?

你是人，带着他的全部一切。对此，不论你知道还是不知道。我是你的图像和标本。除非你能从自身逃出，那你能从我这儿逃到何处呢?

如果你能逃出自身，那你是谁呢?

思想的尊严

[埃及] 陶菲格·哈基姆

陶菲格·哈基姆（1898—1987年）埃及小说家，戏剧家。1924年毕业于开罗法律学校，在校开始创作。他是埃及现实主义小说代表作家之一，自传体长篇小说《灵魂归来》为成名作。此外还有《乡村检察官手记》等十几部小说。他写了约80种戏剧，包括哲理剧、社会剧和历史剧，融合了东方宗教哲学和法老时代文化传统，借鉴了欧洲古典戏剧和现代戏剧，对阿拉伯现代戏剧的形成发展作出了贡献。剧作有《洞中人》《山鲁佐德》《奥狄浦斯王》《食者有其粮》等。

笔的真正力量在于：想说时能够说出其所想。

真正的男子汉气概是：为了尊严，一个人可以献出自己的鲜血和金钱，快乐与欢愉，舒适和安逸，能够献出自己的亲人和眷属，献出他喜欢的和他珍爱的一切。

真正的尊严是：一个人将自己的最后一口气置于天平的一端，将自己的思想和见解置于天平的另一端，当环境要求衡量两个秤盘上放置物的重量时，他的思想和见解这一端会立即显示出优势来。历史上的所有伟大人物，都曾是这样。即使是今天缺少伟大人物的埃及，也有这样的人，他们为了一种思想，毫不犹豫地牺牲自己的一切，为了自己的主张，弃绝一切享受。这样的人物，在埃及精神生活和思想生活中出现过很多。

当我说世界各民族是靠这些人的肩膀支撑起来的时候，我并没有言过其实。可怕的是，一个民族缺少这样的人物。今天，有一件事困扰着我，令我不安。这就是：今天的法律是用脚践踏思想，法律跟在虚伪的人物和虚幻的金钱后面奔跑！

二

这些话我几年前就曾说过，今天还要说。我相信，在埃及有许多有头脑的人，他们很会思考问题，研究问题，提出有益于国家的见解。但是，他们把自己的意见藏在肚子里，或者低声悄语地谈及，不敢大胆地陈述或带着信心去宣传。他们怕遭到攻击，或者怕自己的利益受到想象中的损害。这种来自成熟者的退让回避，不参加对公共舆论的指导，存在于与集权统治或独裁统治相似状况下的舆论界。在这种状况下，一种思想控制人们的全部思想，不加任何讨论地相信某种占统治地位的说法，无意识地与横扫一切的观点相协调。我们——事实上——是通过自己把集权统治强加到自己身上！不是我们的宪法，不是我们的统治制度——我们的民主制度并不阻碍我们的自由，但是，我们心甘情愿地放弃了它，因为我们不想去保卫它或推进它。我们常常更喜欢接受我们并不相信的别人的意见，而不愿为我们的意见付出某些辛劳或某些损失。世界上没有一种制度能保证这种人的自由——他们在表达自己的自由见解时，或害怕，或偷懒，或疏忽！

假如你们想要得到自由和人类的尊严，那你们就去检索你们头脑中的每一种意见，不要盲目地和不假思考地接受别人的意见，即使是你们最要好的朋友！

狗的勇敢行为是被轻视的，不是因为别的，只是因为它毫不困难地接受它的朋友们套在它脖子上的箍圈，即使那是金子做成的！

信仰与私利

［埃及］陶菲格·哈基姆

一群拜物教徒把一棵树当做圣灵来崇拜。一位信奉真主的隐士听到这个消息大发雷霆，他拿起一把斧头，要去把这棵树砍掉。当他刚一走近这棵树，突然一个魔鬼出现在他面前，挡住了他的去路. 对他喝道：

"喂，站住！你为什么要来砍树？"

"因为它蛊惑人心。"

"这碍你什么事？让他们去上当受骗好了。"

"这怎么成呢？我有责任引导他们。"

"你应该让人们享有充分的自由，他们爱怎么办就怎么办。"

"他们现在并不自由，因为他们正听着妖魔的咒语。"

"那么你要他们听你的声音？"

"我要他们听真主的声音。"

"我绝不让你砍这棵树！"

"我非要砍这棵树不可！"

于是魔鬼卡住隐士的脖子，隐士揪住魔鬼的角，好一场惊天动地的搏斗。最后，这场恶战以隐士战胜而告结束。魔鬼被打翻在地，隐士骑在他身上说：

"你知道我的厉害了吧？"

吃了败仗的魔鬼气喘吁吁地回答：

"我没有想到你这么有劲。放开我吧，你愿意怎么干就怎么干去吧！"

隐士放了魔鬼。可是这一场恶战已经使他精疲力竭，无力砍树，所以他就返回自己隐居的茅庵，休息了一夜。

第二天，他又带上斧头去砍树。突然魔鬼又出现在他身后，喊道：

"今天你又来砍树了吗？"

"我早就对你说了，一定要把这棵树砍掉。"

"你以为今天还能打过我吗？"

"我将奉陪，直到你知道我的厉害。"

"那好，把你的本事使出来吧。"

魔鬼扼住隐士的脖子，隐士抓住魔鬼的角，又一场恶战开始了。最后，魔鬼倒在隐士的脚底下，隐士压在他身上说：

"现在你还有什么话好说？"

"是的，你有惊人的力量。放开我吧，你愿意怎么干就怎么干去吧。"魔鬼有气无力地回答。

于是隐士又放了他，回到茅庵。他实在疲惫不堪。在床上躺了整整一夜。当东方破晓、旭日东升的时候，隐士又拿起斧头要去砍树。这一次魔鬼还是出来阻拦：

"喂，你还没有回心转意吗？"

"是的，我一定要刨除这个祸根。"

"你以为我会放手让你这么干吗？"

"假如你还想较量一下，那么我就再次打败你。"

这时魔鬼心中暗自思量：和这个人搏斗起来没有获胜希望的。因为没有谁，能比一个为信仰和理想而战的人更强大。看来战胜这个人的唯一办法就是"计谋"。

于是，他马上堆上一副笑脸，假惺惺推心置腹地对隐士说：

"你知道我为什么反对你砍树吗？我这是为你着想，为你好呵！假如你砍倒了这棵树，那么崇拜这棵树的人就会怨恨你，反对你，你何苦给自己找麻烦呢？别再砍树了吧，我每天给你变两个第纳尔金币，用它开销，你是可以安逸舒适地生活了。"

"两个第纳尔？"

"是的，每天两个。你会在枕头底下拿到。"

隐士低头想了一会儿，然后抬头对魔鬼说：

"谁能担保呢？"

"我可以起誓。你会发现我是信守诺言的。"

"好吧，我将考验考验你。"

"是的，你等着瞧吧。"

"一言为定。"

魔鬼把一只手放在隐士的手上，两人击掌达成协议。然后隐士回家去了。

以后，每天早上，当隐士醒来伸手到枕头底下一摸，总能摸到两个第纳尔，这样持续了整整一个月。一天早上，当他伸手到枕头底下去摸时，却什么也没有，因为魔鬼不再给他金币了。隐士勃然大怒，一跃而起，抓起一把斧头又要去砍树。然而魔鬼在半道上拦住了他，对他喊道：

"站住，你到哪去？"

"去砍树。"

魔鬼讥讽地哈哈大笑：

"砍树？是因为我切断了你的财源？"

"不。是为了除掉这个孽障，点燃指路的明灯。"

"你？！"

"啊。你是在挖苦我？你这个讨厌鬼！"

"请原谅，你的模样太可笑了。"

"这是你说的？你这个狡猾的骗子。"

隐士扑向魔鬼，握住他的角，搏斗又开始了。不过这一次打了没多久。战斗却以隐士败在魔鬼的蹄子下而告结束。魔鬼取得了胜利，骑在隐士身上，讥讽地对他说：

"喂，你的力量到哪儿去啦？"

战败的隐士气急败坏地吐出一句话：

"告诉我，你怎么会战胜我的？魔鬼。"

魔鬼回答道："当你为真主而愤怒的时候，你就能战胜我；当你为自己而生气的时候，我就能战胜你。当你为信仰而战斗时，你就会战胜我；当你为私利而战斗时，我就会战胜你。"

忠实于自己

[日本] 池田大作

池田大作（1928年——　），年轻时在第二次世界大战期间度过。在战争中他失去了兄长。1947年夏，池田邂逅创价学会第二代会长户田城圣，成为他的弟子。1960年，池田大作继承户田城圣出任创价学会第三任会长。池田大作被誉为世界著名的佛教思想家、哲学家、教育家、社会活动家、作家、桂冠诗人、摄影家、世界文化名人、国际人道主义者。1983年获联合国和平奖，1989年获联合国难民专员公署的人道主义奖，1999年获爱因斯坦和平奖。在中国获得的奖项有：中国艺术贡献奖（1959），中日友好"和平使者"称号（1990），"人民友好使者"称号（1992），中国文化交流贡献奖（1997）。

据说当代是"饱食时代"和"空闲时代"，又是"颓废的时代"和"欺诈的时代"，同时又是"自私与不负责任的时代"。现实的确如此，到处弥漫着放纵的时髦风气。

每个人的生活态度自有所不同，我想这也未尝不可。但是，一想到要无所作为地度过这漫长人生，就使人感到无比的空虚无聊。

《涅槃经》说："人命之不息，过于山水。今日虽存而明日难知。"

这就是说，人类生命流逝的速度，比滔滔而下的山溪更为迅速，转眼之间就消逝了。今天虽然平安，可谁也无法保证明日的安定。《摩耶经》中有一节谈到，人生的旅程就是"步步近死地"。一天一天、一步一步接近死亡，这就是人生的真相。

《法华经》中也有一段名言："三界无安，犹如火宅，充满众苦，甚可畏怖。"简单地说，所谓"三界"便是凡夫所居之现实世界，它就像失了火的房子，烦恼在里面熊熊燃烧，充满了各种苦难。正如经文所说，人生的确离不开烦恼。子女、家庭、工作等等，仔细想来，可说一切都充满了烦恼。

人生被这种无常而痛苦的烦恼所束缚、所玷污，如何使人转向不变的"常乐我净"的幸福状态呢？也就是说，怎样才能从人生的悲观主义中解脱出来呢？怎样才能确立正确的法则和人生观，依靠坚韧的乐观主义生活下去呢？

这个"弃暗投明"的转变正是人生的头等大事。我之所以立足于悠久的生命观，走上信奉佛法的道路，理由也就在此。从无常的世界向永恒世界的转换，正是有史以来人类所孜孜研究的课题。

小林秀雄先生在《莫扎特》一书中写道：

"对强韧的精神而言，恶劣的环境也是实在的环境，既不缺什么，也不少什么。""生命力中有一种能力，能将外在的偶然看做内在的必然。这种思想是宗教式的，但它并不是空想。"

这便是和环境搏斗，并战而胜之的人类能力；是精神的力量，能将外在的偶然性看做内在的必然性。这种无限的力量就蕴藏在自己生命之中，本人能切实感受并加以发挥，而真正的人生之路就在其中。

这样努力下去，不为任何环境所屈，总是忠实于自己，发展自己，于是便奏响了人生的凯歌。

佛法中有所谓"梅樱桃李"的命题。

比如梅花，于春光初见之时，首先开出高雅的花朵；然后是樱花盛开的季节，它也尽显风姿；桃花、李花也都各领风骚。同样，人也应当让自己的生命开出美丽的花朵，不，生命内部本身就有催开绚丽鲜花的神力。

那么，带来这种神力的东西是什么呢？这便是对自身"使命"与"责任"的深刻觉悟。某些人以根本的"法则"为基准，始终坚持一定的生活道路，即将使命和责任视为非我莫属的。这样的人就会不断开拓自己的生命，就和梅、樱一样，迟早会开出灿烂的鲜花，散发出阵阵清香。他就可以最大限度地发挥生命的作用，并为此感到骄傲、满足和充实。

不管是哪种人，都是带着某种使命而生于世上的极其宝贵的人。这种使命并不体现于外部相对立的世界中，而体现在与自己搏斗、战胜自己、贯彻自己信念之时。人生的一切，都是自己生命现象的表象，是自己生命的反映，人决不为外界而活着。我的恩师户田先生经常教导我们说："要为自己的生命而活下去。"这句话具有深刻的内涵和千钧的分量，指出人生终极目的之所在。

自豪是自尊

〔美国〕魏特利·薇特

如果有人问，我们究竟应该自豪或是谦卑时，大部分人会回答："自豪是罪过，谦卑比较好。"

我们于是谦虚地说："我只不过是一个小职员。""我只是一个平庸的人。"或是："我勉强及格而已。"

谦卑的后果是什么呢？往往是安于平庸，不求进取。你认为自己不过尔尔，决不会担当重责大任，决不会发财，决不会喜欢自己的职务。你已把自己推入一无所成的深渊，你将自己塑造成平庸的人。

这绝非谦卑的本意，谦卑并不表示要你浪费生命，或辜负天赋的才能。

谦卑的真义是：无论做什么事，都要认清尚有可以改进的余地。谦卑的意义是要你明白山外有山，人外有人。当你体会到即使你一败涂地，上帝仍然爱顾你、以你的成就为荣时，你便会自然而然地谦卑起来了。

而这种表现正是自豪、以己为荣的真谛。自豪的人尽心尽力，力求表现，因为上帝喜见你努力。此中蕴藏着一个获得工作乐趣与成就的秘诀——不是对名利的追逐，而是对自己的工作感到骄傲。

自豪的人，不自贬，不自疑，不忸怩害羞。

自豪不是指高估自己。它不是逞强、傲慢或自大。

自豪是自重、自信、自尊。自豪是个人尊严，是对自己圆满完成任务感到心满意足。

不快乐的人决不以己为荣。他们一再对自己说："真希望我是别人，做别的事，在别的地方。"

相反，每天都能在生活和工作中发掘乐趣的人，对自己有强烈的价值感。他们总是告诉自己："我喜欢自己，我真的喜欢。以我的父母和出身背景而言，我真高兴成为今日的我。我情愿生活在此时此刻，而不愿生活在历史上的任何时代。"

散发出这种自信心的人，未必天生就有这种美妙的感觉，他们只是从生活中的体验，学会了喜欢自己罢了。正因为他们喜欢自己，他们才能将这份乐趣分享众人。

情绪低落、处境不顺心的时候，所能享有的乐趣就是接纳此刻的自己——一个有缺点、会改变，但不断成长而且有价值的人。要了解、喜欢自己，认为自己在某方面还不错，并不见得是妄自尊大。你应对自己的成就感到自豪，更重要的是要乐于做此时此刻独一无二的你。你要了解，人类在体力和心智上虽不是生而平等的，却生而具有同等的权力去追寻快乐。我们都有权相信自己值得领受生命中最美好的一切。大多数功成名就的人，即使在除了一份梦想之外一无所有的时候，仍然相信自己决非池中之物。适当的自豪是通往成就与幸福的大门，这份特质也许比其他的任何特质都重要。

机会在敲门

[美国] 魏特利·薇特

英国著名小说家艾略特曾经写道：

"生命巨流中的黄金时刻稍纵即逝，除了砂砾之外我们别无所见；天使前来探访，我们却当面不识，失之交臂。"

20世纪的美国人也有一句俗谚："通往失败的路上处处是错失了的机会。"

坐待幸运从前门进来的人，往往忽略了从后窗进入的机会。

马娇丽就是这样一个人。她在一家小型制造业公司谋得一份好差事，可是上司要她做一件不在她职责范围内的工作，她拒绝了。不久以后，在另一个部门的一位同事问她愿不愿意尝试那个部门的工作，她再度回绝。马娇丽不愿担负其他任何任务，除非加她的薪，升她的级。她没有看出送到她眼前的机会。假使她接受新任务并且顺利完成，她就极有资格要求加薪和升级了。结果经理部门认为她不思进取，不愿成长。

我们常把机会拟人化，误以为幸运之神真的存在，许多人就坐待机会来敲门。

可惜的是，机会从来不会自动前来敲门。不管你等待多少年，也听不到它的敲门声。

原因是，机会并非外界的生存实体，它在你的内心之中，你就是机会。

只有你能制造机会。只有你能发挥自己的能力来利用机会。只有你能发现机会，从而把失败与挫折转变为成功与满足。

有些人给机会下了褊狭的定义，认为是指一笔交易成功或职务升迁。其实机会所涵盖的范围很广，它意味着众人皆陷入消极的泥潭中时，你却能寻出一条积极思考的途径。机会是在强大压力之下圆满完成任务；机会是不卷入办公室里的钩心斗角；机会是不受紧张、冲突和自疑的牵绊；机会是接纳自己的一切，求得内心的宁静，并享受充满自信的愉悦。

朝向一个值得努力的目标前进，尽量利用造物主慷慨赐予你的才华和能力，机会就在其中。

当你不再打击自己，自然就会开始认清机会所在。

当你不再担心别人怎么想，你就会开始发掘出无穷的机会。

当你不再想象着前途多舛，你就会开始掌握机会。

当你不再为昔日的挫败烦恼，你就会开始为自己创造机会。

记住，任何人都有失意和挫折的时候，但是人人也都有丰富的潜力。不快乐的人只看见他的错处和弱点，满心喜悦的人则专注于自己内心的力量和创造力。

你怎样为自己开创机会？你要不断地探索、发现并且适应新来乍到的机运。

更重要的是，你要保持心胸开放与乐观。

不久你就会听到机会在敲门，不是敲你的前门，而是叩你的心扉。

信任是一种有生命的感觉

［美国］戴维·威斯格特

　　信任一个人有时需要许多时间。倘若你只信任那些能够讨你欢心的人，那是毫无意义的；倘若你信任你所见到的每一个人，那你就是一个傻瓜；倘若你毫不犹疑、匆匆忙忙地去信任一个人，那你就可能也会那么快地被你所信任的那个人背弃；倘若你只是出于某种肤浅的需要去信任一个人，那么接踵而来的可能就是恼人的猜忌和背叛；但倘若你迟迟不敢去信任一个值得你信任的人，那就永远不能获得爱的甘甜和人间的温暖，你的一生也将会因此而黯淡无光。

　　信任是一种有生命的感觉，信任也是一种高尚的情感，信任更是一种连接人与人之间的纽带。你有义务去信任另一个人，除非你能证实那个人不值得你信任，你也有权受到另一个的信任，除非你已被证实不值得那个人信任。

喝倒彩

[美国] 戴维·威斯格特

任何一种新意见提出，总有人喝倒彩，也有人取笑。

其实，正确的态度只一种。

往兴高采烈的人头上泼冷水是一种罪。

要是看见人家充满青春活力、热情洋溢，你就觉得不耐烦，看不起他，这是一个人真正老了的表现。

有些人专爱道人短长，批评的器官好像特别发达，长于挑剔人的短处，却很少看见人的好处。他们喜欢说人坏话，很难说人家一句好话。批评应该遵守一个基本的原则：你没有权利批评别人，除非你能做得好过他，或者愿意帮助他把事情做得更好。

也就是说只有自己决心把事情做好，或者愿意帮助人去做好的，才有权利批评。

瓦尔登湖（摘录）

［美国］亨利·梭罗

一

大部分的奢侈品，大部分所谓舒适的生活，非但没有必要，而且对人类进步大有妨碍。所以关于奢侈与舒适，最明智的人生活得甚至比穷人更加简单和朴素。中国、印度、波斯和希腊的古哲学家都是一个类型的人物，外表生活再穷没有，而内心生活再富不过。

二

怎样一种空间才能把人和人群隔离开而使人感到寂寞呢？我已经发现了，无论两腿怎样努力也不能使两颗心灵更易接近……人们倒是更愿意接近那生命不竭之源泉的大自然，在我们的经验中，我们时常感到有这么个需要，好像水边的杨柳，一定向着有水的方向伸展它的根。

三

我心目中还有一种人，这种人看来阔绰，实际却是所有阶层中贫困得最可怕的。他们固然已积蓄了一些钱，却不懂得如何利用它，也不懂得如何摆脱它。因此他们给自己铸造了一副金银的镣铐。

四

　　当文明改善了房屋的时候，它却没有同时改善了居住在房屋中的人。文明造出了皇宫，可是要造出贵族和国王却没那么容易。如果文明人所追求的并不比野蛮人追求的来得更加高贵些，那么他何必要有比野蛮人更好的住房呢？

五

　　青年往往通过打猎接近森林，并发展他身体里面最有天性的一部分。他到那里，先是作为一个猎人，一个钓鱼的人，到后来，如果他身体里已播有更善良生命的种子，他就会发现他正当的目标也许是变成诗人，也许是成为科学家，猎枪和钓竿就抛诸脑后了。

六

　　一个健康的人内心最微弱的肯定的反对，都能战胜人间的种种雄辩和习俗。人们很少听从自己的天性，偏偏在它带他走入歧途时，却又听从起来。结果不免是肉体的衰退，然而也许没有人会引以为憾。因为这些生活是遵循了更高的规律的。如果你欢快地迎来了白天和黑夜，生活便像鲜花和香草一样芳香，而且更有弹性，更如繁星，更加不朽——那就是你的成功。

清风流水

[日本] 北皇人德

人为何而生？每一个人既生于世，必有他独特的用处。

这是一位老太太教我的。她晚年因战祸而家破人亡，卖掉了大房子，只留下偏僻处的一间小茶室自住，好在茶室外围有个菜园子。

这件事发生时，老太太正带着家人在伊豆山温泉旅行。有个名叫乔治的17岁少年在伊豆山投海自杀，被警察救起。他是个美国黑人与日本人的混血儿，愤世嫉俗，末路穷途。老太太到警察局要求和青年见面。警察知道老太太的来历，同意她和青年谈谈。

"孩子，"她说时，乔治扭过头去，像块石头，全然不理，老太太用安详而柔和的语调说下去："孩子，你可知道，你生来是要为这个世界做些除了你以外没人能办到的事吗？"

她反复说了好几遍，少年突然回过头来，说道："你说的是像我这样一个黑人？连父母都没有的孩子？"老太太不慌不忙地回答："对！正因为你肤色是黑的，正因为你没有父母，所以，你能做些了不起的妙事。"少年冷笑道："哼，当然啦！你想我会相信这一套？"

"跟我来。我让你自己瞧。"她说。

老太太把他带回小茶室，叫他在菜园里打杂。虽然生活清苦，她对少年却爱护备至。生活在小菜室中，处身在草木苍郁的环境，乔治慢慢地也心平气和了。老太太给了他一些生长迅速的萝卜种，十天后萝卜发芽生叶，乔治得意地吹着口哨。他又用竹子自制了一支横笛，吹奏自娱，老太太听了称赞道："除了你没有人为我吹过笛子，乔治，真好听！"

少年似乎渐渐有了生气，老太太便把他送到高中念书。在求学那四年，他继续在茶室园内种菜，也帮老太太做点零活。高中毕业，乔治白天在地下铁道工地做工，晚上在大学夜间部深造。毕业后，在盲人学校任教，他对那些失明的学生关怀备至。

"现在，我已相信，真有别人不能只有我才能做的妙事了。"乔治对老太太说。

"你瞧，对吧？"老太太说，"你如果不是黑皮肤，如果不是孤儿，也许就不能领悟盲童的苦处。只有真正了解别人痛苦的人，才能尽心为别人做美妙的事。你17岁时，最需要的就是有人爱惜你，没有人爱惜，所以那时想死，是吧？你大声呐喊，说你要的根本不可能得到，根本就不存在——可是后来，你自己却有了爱心。"

乔治心悦诚服地点点头。

老太太意犹未尽，继续侃侃而言："尽管爱护自己的快乐。等到你从他们脸上看到感激的光辉，那时候，甚至像我们这样行将就木的人，也会感到活下去的意义。"

在老太太的茶室里，年轻的乔治利用假日自撰笛曲，吹奏给他的盲学生听。他把流水、浪潮以及绿叶中的风声，都谱进了乐曲。那些盲童眼不能见，手却能写，为那首乐曲题名为《清风流水》。

快乐是一种选择

〔美国〕阿戴尔·拉腊

每日我们似乎都被有关于快乐的普通心理学忠告所淹没，但那无情的消息却是：为了快乐，我们应该做些事情——做出正确的选择，或是有一套正确的自我观念，甚至我们的国父也把追寻快乐写进了《独立宣言》。

与此同时，还有另一种观念——快乐只是一种短暂的状态，如果我们总不快乐，必定就是有问题。

然而，更多的人们所经历的并不是一种短暂的快乐状态，快乐是一件更普通的事情：是一种被小品文作家休·普拉瑟称作是"由难以解释的问题、莫名其妙的成功与失败——很少有片刻完全的平静所组成"的混合物。

也许你会说自己昨天很不快乐，因为你与老板之间有个误会，但是就真的没有快乐而且完全宁静的时候吗？没有一位陌生人问过你，是在哪儿做得如此漂亮的发型吗？你只记得这一天过得很糟，却忘记在这一天当中，仍有很多美好的时光。

快乐就像是一位和蔼、神奇的泰丽阿姨——一位来访者，总会在你最不期望的时候到来，点上一些昂贵的名酒，而后又会消失无踪，留下久散不去的栀子花香，你无法控制她的出现，而只能在她露面时，感谢她；你不能迫使快乐的降临——但当她在你身边时，你却可以确信自己感觉得到她的存在。

当你满腹心事，在屋里来回踱步时，试着去看看在日落时玻璃窗中所映照出的那火一般的城市，听听孩子们在昏暗的光线下打篮球的叫喊声，你会感觉到自己的情绪高涨，而这只因为你转移了注意力。

快乐是一种态度，而不是状态。这种态度在于你清洗百叶窗时听着咏叹调，或收拾衣柜时依然兴致勃勃，快乐是家人围坐在餐桌边吃团圆饭时，快乐就在眼前，而不在某个遥远的承诺——等我们有时间就会……

快乐是一种选择，当她像蓝天中往海上飘去的气球一样出现时，伸手抓住她！

快乐不是自来水

[美国]迪尼斯·普雷格

一次我以快乐为题演讲，事后，听众中有位女士站起来说："要是我丈夫也来听就好了。"她说她深爱丈夫，但丈夫老是很不快乐，和他一起生活着实不容易。

这位女士的话，让我想到道理应该是这么讲的：为己为人，要把寻觅快乐当一回事。我告诉她，为了我们的配偶，我们的子女、朋友，我们要尽量快乐。你若不相信我的话，不妨去问问孩子跟不快乐的父母长大是什么滋味；或者问问做父母的，如果他们有一个不快乐的孩子有多痛苦。

我的童年生活并不特别快乐，而且跟大多数少年一样沉溺在自己以为的痛苦中。但有一天我忽然醒悟，其实我是在畏难而取易。要闷闷不乐并不难，那种事不需花心思力气。真正的成就在于尽我所能以求快乐。

很多人想都没想过：快乐是必须去求去找才会有的。我们都以为快乐只是一种感觉，源自碰巧发生在我们身上的好事，而那种好事会不会发生则非我们所能主宰。

但真相刚好相反，快乐主要是由我们支配的，我们应该主动争取，而非被动等待。要有快乐人生，就要克服一些障碍，其中三个障碍是：与别人比较——

多数人都拿自己跟我们以为人生顺利的人比较，有些是亲友，有些是我们其实认识很浅的人。有一次我认识一个年轻人，看来是人生有成、日子过得开心的那种人。他谈起他挚爱的妻女，谈起他在他中意的城市当电台节目主持人，喜不自禁。我记得当时我心里想的是：这家伙就是那种事事顺遂的少数幸运儿。

接着我们谈起电脑的互联网。他告诉我，他感激这世界上有互联网，因为他可以从中查索关于多发性硬化症的资料——他妻子正在饱受此症煎熬。我先前以为他人生没有任何不顺遂的事，此时只觉得自己愚不可及。

局限于"完美"——

几乎每个人都有自己想像中完美的生活。问题当然是很少有人事业与家庭都合乎他们自己想像中的标准。

我个人就是个例子。我出身的家庭没有人离过婚，在我看来婚姻是一生一世的事。因此，我和第一任妻子在结婚五年、儿子出世三年后离异时，我整个人垮掉了，我觉得自己是窝囊废。

后来我再婚，婚后向妻子芬妮坦承摆脱不了自觉家庭生活失败的心头阴影。她问我现在这个家有什么不妥（这时我们的家包括我的儿子和她与前夫生的女儿）。我说，除了与儿子在一起的时间太少之外（我与前妻共同拥有抚养权），现在这一家人倒幸福得很。

"那么你为什么不因此而开心生活？"她问。理当如此。但首先我必须摆脱"完美"家庭的假象。

过分注意缺憾——

破坏快乐的有效方法莫过于对任何事物只集中注意瑕疵，假如望向天花板时只盯着缺了块铺板的那处地方。正如有个秃子对我说的："每次我走进人多的房间，只会注意到人家没一个是秃头。"

一旦你找出自己缺了哪一块铺板，就要探讨：若重新取得这块铺板是否真的可以使你快乐。然后你有三个行动选择：去找到这铺板，或用另一块不同的铺板补上，又或者根本不予理会，把注意力放在你生命中没掉的铺板上。

我多年来研究快乐的道理，得到最重要的结论之一是：人的一生遭遇和他会多快乐并无太大关系。稍加细想就明白这道理很明显。我们都认识一些人，生活颇为顺利，但从根本上来说不快乐；我们也知道有些人吃过不少苦头，却能乐天知命处世。

第一道秘方是感激。快乐的人都存有感激之心，无感激之心的人不会快乐。我们总以为人是因为不快乐才抱怨，其实抱怨可致人不快乐的说法更有道理。

第二，要知道快乐是另一件事情的副产品。明显的快乐源泉是各种使我们生活有目标的活动，例如研究昆虫或打打球。你越是投入你所喜爱的活动，越可体验更多快乐。

最后，应有如下的信念：这世界上有些永恒的事物是超越我们的，而且我们的生存有更大的意义。这信念会使我们生活更快乐。我们需要精神上或宗教上的信仰，或者秉持自己的人生观。

无论你的人生观是什么，都该包含这个道理：如果你凡事都从好的方面看，对人生一定有好处；如果你总是往坏处想，日子就难过了。正如你想不想过开心日子一样，这事完全在于你的态度。

快乐之道

[英国] 罗素

罗素（1872—1970年），英国数学家、逻辑学家、哲学家。1872年5月18日生于英格兰蒙茅斯郡特里莱赫的一个英国自由党贵族的家庭。

罗素18岁入剑桥大学三一学院学习，1894年毕业；1895年他在剑桥三一学院获研究员的职位；1901年他发现了著名的罗素悖论，引发了20世纪初对数学基础的危机。他与怀特海合作于1913年完成了名著《数学原理》，提出并成为逻辑主义的代表人物。

罗素还是一位蜚声国际的哲学家、政论作家和社会活动家。他的文字清新流利，受到各阶层的广泛欢迎，并于1950年获诺贝尔文学奖。1964年创立罗素和平基金会。

1970年2月2日罗素卒于梅里奥尼斯郡彭林德拉耶斯附近。

永／恒／的／经／典

　　道德家们常说：快乐靠追求是得不到的。只有用不明智的办法去追求才是这样。蒙特卡洛城的赌徒们追求金钱，但是多数人都会把钱输掉，而另外一些追求金钱的办法却常会成功。追求快乐也是一样。如果你要通过喝酒来追求快乐，那就是忘记了酒醉后的不适。伊壁鸠鲁追求快乐的办法是只和志

趣相投的人一起生活，同时只吃不涂黄油的面包，节日才加一点乳酪。他的办法在他来说是成功的，但他是个体弱多病的人，而多数人需要的是精力比较充沛。就多数人来说，如果没有其他各种补充办法，这样追求快乐就过于抽象和脱离实际，不适宜作为个人的生活准则。不过，我认为不管你选中什么样的生活准则，除了一些罕见的和英雄人物的例子外，都不应该是和快乐不相容的。

很多人享有快乐的全部物质条件，即健康和充足的收入，可是他们非常不快乐。就这种情况来说，似乎问题出在关于生活的理论不正确。在某种意义上可以说任何关于生活的理论都是不正确的。我们和动物的区别并没有我们想像的那么大，动物是凭冲动生活的，而且只要客观条件有利，就会快乐。如果你有一只猫，它只要有东西吃，感到暖和，有时晚上能得到机会去寻乐，就会很快活。你的需要比你的猫要复杂一些，但还是以本能为基础的。在文明社会中，特别是在讲英语的社会中，这一点很容易被忽视。

人们给自己定下一个最高的目标，凡是不利于实现这个目标的冲动都加以克制。一个商人可能因为想发财以致不惜牺牲健康和爱情。他终于发了财，可是除了苦苦劝人效法他的好榜样，搅得别人心烦外，他并没有得到快乐。很多有钱的贵妇人，尽管自然并未赋予她们任何欣赏文学或艺术的兴趣，却决意要使别人认为她们是有教养的，于是情愿花费很多时间学习怎样谈论某些流行的新书。这些书写出来是要给人以乐趣的，不是可以让人贸然假充内行的。

你只要注意一下周围那些可以认为是快乐的男男女女，就会看出他们有某些共同之处，其中最重要的共同点是：有某件事情常常使他们乐意去做，并且逐渐使他们的某种愿望得以满足。生性喜爱孩子的妇女能够从抚养儿女的工作中得到这种快乐。艺术家、作家和科学家如果对自己的工作感到满意，也能得到这样的快乐。不过，这种快乐的形式有不少是比较平常的。许多在城市里工作的人在周末自愿为他们的庭园作无偿的劳动，到了春天就尽情享受自己创造的美景带来的快乐。

在我看来，整个关于快乐的题目的探讨一向都太严肃了。过去一直有这样的看法：如果没有一种生活的理论或者一种宗教，人是不可能快乐的。也许由于理论不对头以致不快乐的人需要一种较好的理论帮助他们重新快活起来，就像你生过病需要吃补药一样。但是，在情况正常时，一个人应当是不吃补药也会健康，没有理论也会快乐的。真正有关系的是一些简单的事情。如果一个人喜欢他的妻子儿女，工作又很顺利，而且无论白天黑夜，春去秋来，总是感到高兴，则不管他的理论如何，都会是快乐的。另一方面，如果他讨厌自己的妻子，对孩子们的吵闹也觉得受不了，而且害怕上班，如果他白天里盼望夜晚，到了晚上又盼望天明，那么，他需要的就不是一种新的理论，而是重新安排生活——改变饮食习惯，多锻炼身体等等。

人是一种动物，他的快乐取决于生理状况的时候多于他的思想状况。这是个很不高雅的结论，然而我不能不相信。我确信这一点：不快乐的商人要靠找到新的理论来使自己快乐，还不如每天步行6英里更有用。

无知常乐

［爱尔兰］罗伯特·林德

罗伯特·林德（1879—1949年）著名的批评家，散文家。生于北爱尔兰贝尔法斯特。曾在当地的女王学院就学。迁居伦敦后，担任《新闻记事》的文学编辑。他与卢卡斯都是复兴查尔斯·兰姆散文体的传统的先驱。代表作有《无知的乐趣》《蓝狮》《想起来就让我颤抖》和《生活中的种种古怪小事》。

同一个普通的城里人到乡下去走一走，特别是在4月或5月里，那么，对他的无知范围之广阔，就不能不感到惊奇。任何人独自到乡下去走一走，他对于自己的无知范围之广阔，都不能不感到惊奇。成千上万的男男女女，从生到死，一辈子也说不出山毛榉和榆树有什么区别，听不出画眉的叫声和山乌鸦的叫声有什么不同。在一个现代化城市里，能听得出画眉和山乌鸦叫声不同的人，恐怕凤毛麟角，所以如此，并不是因为这些鸟我们没有见过，而只是因为我们习焉不察。在我们一生中，鸟类始终就在我们周围，然而我们对于它们的观察总是那样马马虎虎，所以我们当中许多人都说不清鹬鸟到底会不会叫，也不知道杜鹃究竟是什么颜色。对于有些问题，我们像小孩子一样争论不休，譬如说，杜鹃在飞着或栖身于树枝间的时候；是否一直不停地鸣叫？而查普曼下面这两行诗的灵感究竟是来自他的想像还是来自他的自然知识？

杜鹃在橡树的绿色怀抱里啼啼，

第一个为人们带来欢欣、美好的春意。

不过，这种无知也并非全然不幸，因为正是由于它，我们才能不断尝到发现的乐趣。只要我们是的的确确地无知，那么每年大地春回，自然界的每一种事物都会带着它那清新的露珠重新出现在我们面前。如果我们活了半辈子，对于杜鹃除了听过它那飘忽不定的叫声，从来没有见过它是什么模样，那么，一旦看见它因为自己犯了罪而惶惶不安地从这个林子飞逃向那个林子，或是看见它顶着风像老鹰似地停留在半空中，它那长长的尾巴颤动着，不敢落下来，生怕有什么鸟儿藏在那山坡上的枞树林里等着要找它报仇，我们才会觉得大大开心。

有人想着，博物学家整天观察鸟类，大概就不会觉得有什么趣儿了吧？其实大谬不然——他那持续不断的乐趣几乎已经变成一种安详的职业习惯了，不像有人某天早晨突然第一次看见一只杜鹃，不胜雀跃之至，于是，看哪，天地也为之焕然一新了。

说到这儿，甚至连博物学家的快乐在一定程度上也有赖于自己的无知；只有如此，才能给他留出一些新的领域有待他去征服。即使他已经攀登了书本知识的顶峰，他仍会感到自己不过是半通不通，每一个引人注目的细节还必须用自己的亲眼观察来加以一一证实。他盼着能亲眼看到雌杜鹃（这可是个稀罕物儿！）把蛋下到地面上，然后再用尖嘴把它叼进那注定要发生杀婴罪行的窠巢里。因此，博物学家就要戴上望远镜，日复一日地坐在那里等待着亲眼证实或者否定那种认为杜鹃确实是在地面上而非在窠里下蛋的说法。而且，即使他很幸运，能够发现杜鹃下蛋实况——这个在鸟类来说算是极大的秘密，其他一大批有争议的问题还依然存在，就像新的领土有待他去开拓。例如，杜鹃的蛋跟占用的窠里其他鸟的蛋是否总是一样颜色？

自然，科学家没有理由为了自己失去无知而哭泣。如果他们看起来似乎是精通一切的话，那也不过因为你我差不多是一无所知罢了。实际上，当他们要把一件事实的盖子揭开的时候，某种命定的无知就在等待着他们。海妖们向尤利塞斯唱的究竟是什么歌儿？——他们永远不可能知道，正像托马斯·勃朗爵士也不知道一样。

我请杜鹃来做例子以说明普通人的无知，并不是因为我有什么权威可以对这种鸟儿发发议论。不过，我曾在某个教区暂住，而那年春天从非洲飞来的杜鹃似乎全集合在那个地方，因此我也就有机会了解到我自己以及我所碰见的每一个人对于这种鸟儿的知识是如何的微不足道。

但是，你我的无知并不仅限于杜鹃这一个方面。它涉及宇宙万物，从太阳、月亮一直到花卉的名字。有一天，我听见一位聪明伶俐的太太提出了这样一个问题：新月是不是总在星期几露面？她接着又说：不知道倒好，正因为人不知道在什么时候、在天空的哪一带能看见它，新月一出现才给人带来一场惊喜。然而我想，哪怕人把月亮盈亏时间表记得再熟，看见新月出现还是不免又惊又喜。春回大地，花开花落，也莫不如此。尽管我们对一年四季草木节令了如指掌，知道樱草开花在3月、4月而不是在10月，不过看见一株早开花的樱草，我们还是照样地高兴。另外，我们知道苹果树先开花，后结果，可是5月一旦到来，果园里一片欢闹的花海，我们不是仍然惊为奇观吗？

倘在每年春天，把许多花卉之名重温一遍，还另有一番风味。那就像把一本差不多忘得干干净净的书再重新念一遍。蒙田说过，他的记忆力很坏，所以他随时都能拿起一本旧书，像从未读过的新书一样地念。我自己的记忆力也是漏洞百出、不听使唤。我甚至能拿起《哈姆雷特》和《匹克威克外传》，当做是初登文坛的新作家刚刚印成白纸黑字的作品来念，因为自从上回念过以后，这两部书在我脑子里的印象已经模模糊糊了。这样的记忆力，在某些场合自然叫人伤脑筋，尤其当人渴望精确的时候。不过，在这种时候，人不仅想得到娱乐，还追求着什么目的。如果只讲享受的话，记忆力坏比记忆力好究竟差到哪里去？还真是大可怀疑哩！记忆力坏的人可以一辈子不断地念普卢塔克的《英雄传》和《天方夜谭》，而永远感到新鲜。很可能，最坏的记忆力也难免粘粘连连地留下一星半点的印象，恰如一只只绵羊从篱笆洞里接连通过，总不免在那刺条上留下一丝半缕的羊毛。然而，绵羊终归逃出去了，正像伟大的作家从我们不争气的记忆中消失，所留下的东西简直微不足道。

既然读过的书我们可以忘得一干二净，那么一年12个月以及每个月的风物，一旦时过境迁，我们同样可以轻而易举地把它们忘在脑后。在某个短暂时刻，我可以说自己对于5月就像对于乘法表那样熟悉，关于5月里的花木、开花时间乃至于前后次序，我能通过考试。今天，我就敢肯定金凤花有五瓣（难道是六瓣吗？上个礼拜我还记得清清楚楚来着）。可是，到了明年，我也许连算术也忘个干干净净；我得从头学起，以免把金凤花误认成白屈菜。那时，我像一个陌生者进入大花园，放眼四望，五色缤纷的原野再一次使我目不暇接，心迷神醉。那时，我也许要对这么一个问题拿不定主意，就是：认为雨燕（那种简直像大号小燕子，又和蜂鸟沾点儿亲戚的黑鸟儿）从来不在窠里歇着，一到夜里就飞向高高的天空，到底是一种科学论断，还是一种无知妄说？当我知道了会唱歌的并不是雌杜鹃，而是雄杜鹃，我还要再次感到惊讶。我得重新学习，以免把剪秋罗当做野天竺葵；还要去重新发现白杨在树木生长的过程中究竟算是早成材还是晚成材？

某天，一个外国人问一位当代英国小说家，英国最重要的农作物是什么。他毫不犹豫地回答："裸麦。"在我看来，这是带着一种堂而皇之派头的彻头彻尾的无知；不过，大大无知的也包括那些没有文化的人。普通人只会使用电话，却无法解释电话的工作原理。他把电话、火车、铸造排字机、飞机都看做当然之事，就像我们的祖父一代把福音书里的奇迹故事视为理所当然一样。对于这些事，他既不去怀疑，也不去了解。我们每个人似乎只对很小范围内的某几件事才真正下工夫去了解、弄清楚。大部分人把日常工作以外的一切知识统统当做花哨无用的玩意儿。

然而，对于我们的无知，我们还是时时抗拒着。我们有时振作起来，进行思索。我们随便找一个什么题目，对之思考，甚至入迷——关于死后的生命，或者关于某些据说亚里士多德也感到大惑不解的问题，例如："打喷嚏，从中午到子夜则吉，从夜晚至中午则凶，其故安在？"

为求知识而陷入无知，这是人类所欣赏的最大乐事之一。归根结底，无知的极大乐趣即在于提出问题。一个人，如果失去了这种提问的乐趣，或者把它换成了教条的答案，并且以此为乐，那么，他的头脑已经开始僵化了。我们羡慕像裘伊特这样勤学好问之人，他到了60多岁居然还能坐下来研究生理学。我们多数人不到他这么大的岁数就早已丧失了自己无知的感觉了。我们甚至像松鼠似的对于自己小小的知识储存感到沾沾自喜，把与日俱增的年龄看做是培养无所不知的天然学堂。我们忘记了：苏格拉底之所以以名垂后世，并非因为他无所不知，而是因为他到了70岁高龄还能明白自己仍然一无所知。

给 予

[印度] 奥修

　　当你与别人分享你的喜悦时，你并没有帮任何人创造出一个监狱，你只是给予，你甚至不期望对方的感情，因为你的给予并不是想要得到任何东西，甚至连感激都不想得到。你之所以给予是因为你太充满了，所以你必须将它给出去。

　　所以如果有人感谢，你也会感谢那个人，因为他接受了你的爱，他接受了你的礼物，他帮助你卸下你的重担，他允许你将爱的礼物洒落在他的身上。

　　你分享越多，给予越多，你就拥有越多，这样它才不会使你成为一个吝啬的人，才不会使你创造出一个新的恐惧说："我或许会失去它。"事实上，当你失去越多，就会有更多新鲜的水从那个你从来不知道的泉源流出来。

中彩之夜

[美国] 约·格立克斯

　　第二次世界大战前，我们家是纽约城里唯一没有汽车的人家。当时，我十多岁，已经懂事了。在我看来没有汽车，就说明我家的生活处于最贫穷困苦的境地。

　　我们每天上街买东西，总是坐一辆简陋的两轮柳条车，拉车的是一匹老谢特兰马。我母亲像《大卫·科波菲尔》里的人物那样，把它叫做巴尔克斯。我们的巴尔克斯是一匹既可笑又难看的小种马。它长着四条罗圈腿，马蹄踏在地上发出呱嗒呱嗒的声音，仿佛是在说，我们家里穷得叮当响。

　　我父亲是个职员，整天在证券交易所那囚笼般的办公室里工作。假如我父亲不把一半工资用于医院费以及接济给比我们还穷的亲戚，那么我们的日子倒还过得去。事实上，我们是很穷的。我们的房子已经完全抵押出去。一到冬天，食品商就把我们家作为欠债户记在账册上了。

　　我母亲常安慰家里人说："一个人有骨气，就等于有了一大笔财富。在生活中怀着一线希望，也就等于有了一大笔精神财富。"

　　我挖苦地反驳说："反正你买不起一辆汽车。"而母亲在生活上处处力求简朴，在母亲的悉心料理下，家里的生活还是有趣的。母亲知道如何用几码透明印花棉布和一点油漆派上正当用场的诀窍。可是，我们家的"车库"中仍旧拴着巴尔克斯那匹马。

　　几星期后，一辆崭新的别克牌汽车在大街上那家最大的百货商店橱窗里展出了。这辆车将在市集节日之夜以抽彩的方式馈赠得奖者。

　　那天晚上，我待在人群外面的黑影里，观看开奖前放的焰火，等候着这一高潮的到来。用彩旗装饰一新的别克牌汽车停放在一个专门的台子上，在十几只聚光灯的照耀下，光彩夺目。人们鸦雀无声地等待着市长揭开装有获奖彩票的玻璃瓶。

不管我有时多么想入非非，也从来没有想到过幸运女神会厚待我们这个城里唯一没有汽车的人家。但是，扩声机里确实在大声叫着我父亲的名字！这时，我从人群中慢慢往里挤。市长把汽车钥匙交给我父亲，我父亲在"星条旗万岁"的歌声中把汽车缓缓地开出来。

回家的路尽管有一里远，我拼命地跑，好像别克牌汽车载着我的女友去参加舞会似的。家里除起居室有灯光外，其他地方一片漆黑。别克牌汽车停在车道上，前窗玻璃闪闪发光。而我听到从车库里传来巴尔克斯的喘息声。

我气喘吁吁地跑到汽车前，抚摸一下它那光滑的车篷，开了门，坐进去。里面装饰豪华，散发出新汽车的奇异气味。我端详了一下闪闪发光的仪器板，得意洋洋地坐在靠背椅上。我转过头去，观望窗外的景致，这时，从汽车的后窗看到父亲强壮的身影。他正在人行道上散步。我跳出车，砰一声关上车门，朝他奔去。

父亲却向我咆哮着："滚开，别待在这儿！让我清静清静！"

他就是用棍子敲我的头，也不会比这更伤我的心了。他的态度使我大为吃惊，我只得走进家门。

我在起居室里见到母亲，她看我悲伤的样子说："不要烦恼，你父亲正思考一个道德问题。我们等待他找到适当的答案。"

"难道我们中彩得到汽车是不道德的吗？"我迷惑不解地问。

"汽车根本不属于我们，这就是问题的关键。"母亲说。

我歇斯底里地大叫："哪有这样的事？！汽车中彩明明是广播宣布的。"

"过来，孩子。"母亲轻声说。

桌上台灯下放着两张彩票存根，上面号码是348和349。

中彩号码是348。"你看到两张彩票有什么不同吗？"母亲问。

我仔细看了一下说："我只看到中彩的号码是348。"

"你再仔细看看。"

我看了好几遍，终于看到彩票上有个用铅笔写的淡淡的K字。

“可以看到一点点。”

“这K字代表凯特立克。”

“吉米·凯特立克吗？是爹的老板？”

“对。”

母亲把事情一五一十跟我讲了。当父亲对吉米说，他买彩券的时候可给吉米代买一张，吉米咕哝说：“为什么不可以呢？”老板说完，就去干自己的事了。过后可能再也没想到过这事。父亲就用自己的钱以自己的名义买了两张彩票，348那张是给凯特立克买的。现在可以看得出来那K字是用大拇指轻轻擦过，正好可以看得见淡淡的铅笔印。

对我来说，这是一目了然的事情。吉米·凯特立克是个亿万富翁，拥有十几部汽车，仆人成群，还有两个雇用的司机。对他来说，增加一辆汽车简直等于我们巴尔克斯的马具里多个马嚼子。我激动地说：“汽车应该归我爸爸。”

母亲平静地说：“爸爸知道该怎么做是正当的。”

最后，我们听到父亲踏进前门的脚步声。我静静地等待着结局。父亲走到饭厅的电话机旁，拨了号码。他是打给凯特立克的。等了好长时间，最后，凯特立克的仆人接了电话，说老板在睡觉。他讨厌电话铃声把他从梦中惊醒，显得十分不高兴。我父亲把整个事情对他说了一遍。第二天中午，凯特立克的两个司机来到我们这儿，把别克牌汽车开走了。他们送给我父亲一盒雪茄。

直到我成年以后，我们才有了一辆汽车。随着时间的流逝，我母亲的那句格言“一个人有骨气，就等于有了一大笔财富”具有了新的含义。回顾以往的岁月，我现在才明白，父亲打电话的时候，是我们最富有的时刻。

幸 福

[俄国] 亚·伊·库普林

亚·伊·库普林（1870—1938年），俄罗斯19世纪末20世纪初著名的现实主义作家，1890年毕业于亚历山大军事学院，在军队服役4年后退伍。从此主要以写作为生。因不理解十月革命，1919年携家流亡国外，大部分时间侨居巴黎。1937年病重回国。创作以小说为主。早期中短篇小说《莫洛赫》《奥列霞》《火转变》等。1905年发表长篇小说《决斗》，以尖锐的冲突表现沙俄军队的野蛮和腐败，是其代表作。此后的作品，以短篇小说《石榴石手镯》和长篇小说《火坑》较有名。

1938年8月25日库普林卒于彼得格勒（今圣彼得堡）。

一个伟大的国王命令他国家里所有的诗人和智者都到他跟前来。他问他们：

"什么是幸福？"

"幸福是，"第一个急忙回答，"能一直看见您那非凡的脸上闪烁着的光辉和永远感到……"

"把他的眼睛挖掉，"国王漠然地说，"下一个！"

"幸福就是行使权力。您作为国王是幸福的！"第二个高声叫喊道。

但国王苦笑着回答：

"可是痔疮使我很痛苦，我无法行使权力治好它。割去他的鼻子，这坏蛋，下一个！"

"幸福是拥有财富。"第三个结结巴巴地说。

但国王回答说：

"我很富有，可我仍然要问这个问题。一块跟你脑袋一般重的金锭能使你满足吗？"

"噢，陛下！"

"你将得到它。拿一块像他脑袋一样重的金锭系在他的脖子上，然后把这个乞丐抛到海里去！"

国王不耐烦地喊道：

"第四个！"

这时，一个衣衫褴褛、眼睛滴溜溜转的人，肚子贴着地爬过来喃喃地说：

"啊，大智大慧的人！我的需要不多。我饿了。给我吃个饱，我就幸福了。我将在整个宇宙里歌颂您。"

"喂饱他，"国王厌恶地说，"等他胀死了来告诉我。"

接着又上来两个人。一个是大力士，肤色红润，前额低窄。他叹了一口气说：

"幸福在于创作。"

另一个是脸色苍白，身材消瘦的诗人，面颊上有着点点红斑。他说：

"幸福在于健康。"

国王伤感地说：

"如果我有权力将你们的命运加以改变的话，你这位诗人，一个月后将会向诸神乞求灵感；你这个赫克里斯般的人物，就会到医生那儿乞求减轻体重的药丸。平安地去吧。还有谁？"

"幸福就是死亡！"戴着水仙花冠的第七个人骄傲地说，"幸福是不存在的！"

"砍去他的脑袋！"国王懒洋洋地说.

"陛下，陛下，开恩！"死囚嘟哝着，脸色变得比水仙花瓣还要白。

"我要说的不是这个意思。"国王厌倦地挥了挥手。打了个哈欠，简短地说：

"把他拉下去，砍掉他的脑袋。"国王的话像玛瑙一样硬。

又来许多人。其中一个只说出了下面几个字：

"女人的爱情！"

"很好。"国王同意道，"从我国内挑选一百名漂亮的女人和姑娘给他。同时给他一杯毒药。到时候就来告诉我，我将去看看他的尸体。"

还有一个人说：

"幸福在于能立刻满足我的每一个愿望。"

"你现在需要什么？"国王狡黠地问。

"我？"

"是啊，你。"

"陛下，这问题提得太突然了。"

"把他活埋了。啊，又来了一个聪明人？唔，唔，走近一点……也许你知道什么是幸福？"

这个聪明人——他是一个真正的智者——回答道：

"幸福在人的思维魅力里。"

国王的眉毛颤动了一下，他怒吼起来：

"啊！人的思维！什么是人的思维？"

这个聪明人——因为他是一个真正的智者——只是怜悯地微微一笑，并不回答。

国王下令把他关进地牢，那里永远一片黑暗。听不见外面的任何声音。一年后，当人们把这个囚犯带到国王面前时，他已变得又盲又聋，双腿几乎站不住了。国王问他："怎么样？你现在感到幸福吗？"

聪明人心平气和地答道：

"是的，我是幸福的。在牢里，我是国王，是富翁，是穷人，是饱汉，也是饿汉，这一切都是思维赐给我的。"

"那么思维是什么？"国王不耐烦地大声叫道，"记住，五分钟后我要把你吊死，还要往你那可恶的脸上吐唾沫，到那时你的思维能为你消灾解忧吗？还有你在地球上滥用过的那些思维将会在哪里安身？"

　　聪明人心平气和地答道，因为他是一个真正的智者：

　　"傻瓜！思维是永存的。"

向往乡村的鞋匠

［西班牙］布拉斯科·伊巴涅斯

　　维森特·布拉斯科·伊巴涅斯（1867—1928年）是西班牙近代伟大的作家和政治家，西班牙民主共和运动领导人。

　　伊巴涅斯的创作可以分为三个时期。第一个时期（1894—1902年）的作品有《茅屋》《五月花》《芦苇和泥淖》和《巴伦西亚故事》。在第二个创作时期（1903—1909年），伊巴涅斯跳出了乡土小说的范围，写了许多社会小说，如《大教堂》《不速之客》《游民》《碧血黄沙》《死者的嘱咐》等。1910年以后是他的创作的第三个时期，作品有《女人的敌人》《启示录的四骑士》和《我们的海》。

　　1928年1月28日，伊巴涅斯在法国芒东逝世。

　　好事的读者可以把这个故事应用到生活的各个方面。

　　从前有一个鞋匠，住在自家门窗紧闭的鞋店里，所谓鞋店，不过是一间阁楼。他一边干活。一边透过仅有的一扇窗户望着太阳，也唯有这扇窗户，才给这位不幸的鞋匠师傅送来光线。

　　我讲的这个故事，发生在南方的某个城镇。可是普照大地的太阳，一天里只有两三个钟头的时间给穷鞋匠的家送进去一条窄窄的阳光。

可怜的鞋匠通过小窗户，遥望着蔚蓝的天空，一面做活，一面叹息，他向往着未曾见过面的大自然。

"这样的天气，能去走走该有多好啊！"他时常大声说。

当某位顾客给他送来住在对面的马车夫的一双肮脏的皮靴时，他总要问："外面的天气好吗？"

"好极了！四月艳阳天，不冷不热。"

鞋店师傅的叹息声更加深沉了，接过靴子，狠狠地往角落里一扔。说，"你们运气真好，星期六来取靴子吧。"

他试图用歌声来解闷，他不停地哼哼呀呀，一直唱到天黑下来：

向往自由。

而又得不到自由的人，

无异乎死亡，

其实他早已不复存在了。

每天他都渴望地凝视着天空，长吁短叹，直到夜幕降临。这个不幸的人倒很喜欢黑夜，因为他那悲惨的命运使他在黑夜来临之前是呼吸不到新鲜空气的。

一天，一个同楼主的主顾，带着一双要修的皮鞋，来到他的阁楼。见面以后，由鞋匠向他诉苦，说他总也见不到所渴望的乡村，那人便对他说：

"是啊，加斯帕尔。所以我认为赶驴的人是世界上最幸福的人。"

"赶驴的人？"

"对。他们来来往往，饱享着新鲜的空气，闻着芳馨的花草。他们是大自然的主人。那确实是一种最美好的工作。"

主顾走后，加斯帕尔陷入沉思，一夜没有睡着，第二天一清早就下定了决心。

"让侄子照管店里的事，我要用攒下的50元钱买一头驴，做一个赶驴的人。"

于是他便照着想的做了，八天后他成了一个搬运夫。

"多么好的天气啊！空气多么新鲜啊！现在才是过真正的生活，才是没有让我在那屋顶下的黑洞里枉过一生的大好时光。"加斯帕尔开始了第一次出行，他一边采撷路旁的花朵。一边放声歌唱。

他走了将近一英里，也没有见到一个人。加斯帕尔如愿以偿，成了田野里独一无二的主人。

在他拐弯的时候，突然窜出3个人来，大声喊道："不许动！"

一个人把驴抢去骑上仓皇逃去了。第二个人抓住他，第三个人把他剥个精光，怕他追赶，又用棍子狠狠打了他50下，打得他浑身青一块紫一块的。要是在城里，肯定会有人听到他的呼救声，然而在这里却没人听得见。

在光天化日之下，歹徒竟敢这样胆大妄为。

他拼命地呼喊："救命啊！救命啊！我要死了！"

将近五分钟的时候，一个农夫赶着马车打这里经过，把他救起来，用毯子裹上，拉进城去，送到他家门口。

他的侄子和邻居见状大吃一惊，纷纷前来询问，但他一言不发，有许多天没有听到他讲过一句话。

有一天下午3点多钟的时候，楼梯上忽然传来要到乡间去旅行一趟的声音："咱们一会儿就动身。"

"多好的天气！叫表兄也一块去吧！"

加斯帕尔一个人待在阁楼里，轻蔑地抬头望了一眼天空说："天气好！挨一顿胖揍就更妙了。"

招　牌

[英国] 哈里特·思勒

帕帕·敦特一向非常喜欢花。他经营花店已经很多年了。他工作非常勤奋，并且生活得也很美满，他甚至有足够的钱供他的儿子约翰上大学。

约翰也像他父亲一样喜欢花。虽然他想上大学，但他的理想是毕业后帮助父亲经营这个花店。

花店位于十字路口旁。尽管花店没挂招牌，但由于帕帕·敦特多年的苦心经营，城里的人们谁都知道这儿出售的鲜花是全城最美的。花店第一次开业时，挂着一块很大的招牌。上面写着：

本店出售美丽鲜艳的花

第一个来到花店的顾客对帕帕·敦特说："我很喜欢你的花店，可不喜欢你的招牌。美丽、鲜艳的花，难道你就不可以卖别的种类的花吗？你为什么不把'美丽鲜艳'删掉呢？"

帕帕·敦特欣然同意，认为这样很好，于是把招牌改为：

本店出售花

第二天，又一个顾客来到花店，他认为这个新开业的花店很使他称心如意，但他也不喜欢花店的招牌。他说："假如你不在这儿卖花，又在哪儿卖呢？帕帕·敦特，你应该把招牌上的'本店'两字去掉，这样多简单明了！"

于是，帕帕·敦特又把招牌改为：

卖花

第三天，帕帕·敦特的叔叔来到花店。

"你这个花店很漂亮。"他说，"可是招牌太啰唆了。'卖花'，花当

永/恒/的/经/典
Yong Heng De Jing Dian

然是卖的，但是这样写，给人一种不愉快的感觉，你为什么不把'卖'字去掉呢？"

这样，花店的招牌上只剩下一个字：

花

又过了一天，本城的一个官员也光临帕帕·敦特的花店。

"我们来到这儿，感到很荣幸。"官员说："你的花店看起来很整洁，宽敞明亮，你是一个很善于经营花店的人，你的花店位置适中，橱窗布置得幽雅大方。不过，我对于你的招牌有些想法。'花'，你的橱窗里摆满了美丽的花，那么你的招牌就是摆设了。人们看见这花，就会知道你出售花。所以，最好是让你的花自己去说明吧！"

帕帕·敦特听从了官员的忠告，索性摘去了招牌。

路过花店的人们一看到橱窗里摆放着的鲜花，总是不由自主地停下来。最后，帕帕·敦特的鲜花远近闻名，盛誉不衰，没有人再去别的地方买花了。

这样，许多年过去了。

现在，帕帕·敦特要和儿子一起经营花店，他高兴极了。随着岁月的流逝，他渐渐变得苍老，对经营花店已经有些力不从心了。

送走了那些看望约翰的人们，帕帕，敦特问儿子："约翰，现在，你要为花店做的第一件事是什么？"

"哦，爸爸，我们首先要挂个招牌。在商业化的今天，它尤其是必不可少的。"儿子回答。"挂个招牌，孩子？""对。""那么，招牌上写什么呢？""喂，让我想想……就写'本店出售美丽鲜艳的花'吧……"

彩　票

[德国] 沃尔夫冈·哈尔姆

尤利乌斯是一个画家，而且是一个很不错的画家。他画快乐的世界，因为他自己就是一个快乐的人。不过没人买他的画。因此他想起来会有点伤感，但只是一会儿。

"玩玩足球彩票吧！"他的朋友们劝他，"只花2马克便可赢很多钱！"

于是尤利乌斯花2马克买了一张彩票，并真的中了彩！他赚了50万马克。

"你瞧！"他的朋友对他说，"你多走运啊！现在你还经常画画吗？"

"我现在就只画支票上的数字！"尤利乌斯笑道。

尤利乌斯买了一幢别墅并对它进行一番装饰。他很有品位，买了许多好东西：阿富汗地毯、维也纳柜橱、佛罗伦萨小桌、迈森瓷器，还有古老的威尼斯吊灯。

尤利乌斯很满足地坐了下来，他点燃一支香烟静静地享受他的幸福。突然他感到好孤单，便想去看看朋友。他把烟往地上一扔，在原来那个石头做的画室里他经常这样做，然后他就出去了。

燃烧着的香烟躺在地上，躺在华丽的阿富汗地毯上……一个小时以后别墅变成一片火的海洋，它完全烧没了。

朋友们很快就知道这个消息，他们都来安慰尤利乌斯。

"尤利乌斯，真是不幸呀！"他们说。

"怎么不幸了？"他问。

"损失呀！尤利乌斯，你现在什么都没有了。"

"什么呀？不过是损失了2个马克。"

永／恒／的／经／典

耐心等待

［德国］亨利希·施颇尔

  忽然他面前出现了一个侏儒。"我知道，你为什么闷闷不乐。"侏儒说，"拿着这纽扣，把它缝在衣服上。你要遇着不得不等待的时候，只消将这纽扣向右一转，你就能跳过时间，要多远有多远。"这倒合小伙子的胃口。

  他握着纽扣，试着一转：啊，情人已出现在眼前，还朝他笑送秋波呢！真棒哎，他心里想，要是现在就举行婚礼，那就更棒了。他又转了一下：隆重的婚礼，丰盛的酒席，他和情人并肩而坐，周围管乐齐鸣，悠扬动人。他抬起头，盯着妻子的眸子。又想，现在要只有我俩该多好！他悄悄转了一下纽扣：立时夜阑人静……他心中的愿望层出不穷：我们应有座房子。他转动着纽扣：夏天和房子一下子飞到他眼前，房子宽敞明亮，迎接主人。我们还缺几个孩子，他又迫不及待，使劲转了一下纽扣：日月如梭，顿时已儿女成群。他站在窗前，眺望葡萄园，真遗憾，它尚未果实累累。偷转纽扣，飞越时间。生命就这样从他身边急驶而过。还没来得及思索后果，他已老态龙钟，衰卧病榻。至此，他再也没有要为之而转动纽扣的事了。回首往日，他不胜追悔自己的性急失算：我不愿等待，一味追求满足，恰如馋嘴的人偷吃蛋糕里的葡萄干一样。眼下，因为生命已风烛残年，他才醒悟：即使等待，在生活中亦有其意义，唯其有愿望的满足才更令人高兴。他多么想将时间往回转一点啊！他握着纽扣，浑身颤抖，试着向左一转，扣子猛地一动，他从梦中醒来，睁开眼，见自己还在那生机勃勃的树下等着可爱的情人，然而现在他已学会了等待。一切焦躁不安已烟消云散。他平心静气地看着蔚蓝的天空，听着悦耳的鸟语，逗着草丛里的甲虫，他以等待为乐。

生活是美好的

——对企图自杀者进一言

［俄］契诃夫

契诃夫（1860—1904年），19世纪末俄国伟大的批判现实主义作家，情趣隽永、文笔犀利的幽默讽刺大师，短篇小说的巨匠，著名剧作家。

他的小说短小精悍，简练朴素，结构紧凑，情节生动，笔调幽默，语言明快，富于音乐节奏感，寓意深刻。他善于从日常生活中发现具有典型意义的人和事，通过幽默可笑的情节进行艺术概括，塑造出完整的典型形象，以此来反映当时的俄国社会。其代表作《变色龙》《套中人》堪称俄国文学史上精湛而完美的艺术珍品。

1904年6月，契诃夫因肺炎病情恶化，前往德国的温泉疗养地黑森林的巴登维勒治疗，7月15日逝世。他和法国的莫泊桑、美国的欧·亨利齐名为三大短篇小说巨匠。

生活是极不愉快的玩笑，不过要使它美好却也不很难。为了做到这点，光是中头彩赢了20万卢布、得了"白鹰"勋章、娶个漂亮女人、以好人出名，还是不够的——这些福分都是无常的，而且也很容易习惯。为了不断地感到幸福，甚至在苦恼和愁闷的时候也感到幸福，那就需要：一、善于满足现状；二、很高兴地感到"事情原来可能更糟呢"，这是不难的。

要是火柴在你的衣袋里燃起来了，那你应当高兴，而且感谢上苍：多亏你的口袋不是火药库。

要是有穷亲戚上别墅来找你，那你不要脸色发白，而要喜气洋洋地叫道："挺好，幸亏来的不是警察！"

要是你的手指头扎了一根刺，那你应当高兴：挺好，多亏这根刺不是扎在眼睛里！

如果你的妻子或者小姨练钢琴，那你不要发脾气，而要感谢这份福气：你是在听音乐，而不是听狼嗥或者猫的音乐会。

你该高兴，因为你不是拉长途马车的马，不是寇克的"小点"，不是旋毛虫，不是猪，不是驴，不是茨冈人牵的熊，不是臭虫……你要高兴，因为眼下你没有坐在被告席上，也没有看见债主在你面前，更没有主笔土尔巴谈稿费问题。

如果你不是住在边远的地方，那你一想到命运总算没有把你送到边远的地方去，你岂不觉着幸福？

要是你有一颗牙痛起来，那你就该高兴：幸亏不是满口的牙痛起来。

你该高兴，因为你居然可以不必读《公民报》，不必坐在垃圾车上，不必一下子跟三个人结婚……

要是你给送到警察局去了，那就该乐得跳起来：因为多亏没有把你送到地狱的大火里去。

要是你挨了一顿桦木棍子的打，那就该蹦蹦跳跳，叫道：我多么运气，人家总算没有拿带刺的棒子打我！

要是你的妻子对你变了心，那就该高兴，多亏她背叛的是你，不是国家。

依此类推……朋友，照着我的劝告去做吧，你的生活就会欢乐无穷了。

圣 人

[黎巴嫩] 纪伯伦

当我年轻的时候，我曾经拜访过一位圣人。他住在山那边一个幽静的林子里。正当我们谈论着什么美德的时候，一个土匪瘸着腿吃力地爬上山岭。他走进树林，跪在圣人面前说："啊，圣人，请你解脱我的罪过。我罪孽深重。"

圣人答道："我的罪孽也同样深重。"

土匪说："但我是盗贼。"

圣人说："我也是盗贼。"

土匪又说："但我还是个杀人犯，多少人的鲜血还在我耳中翻腾。"

圣人回答说："我也是杀人犯，多少人的热血也在我耳中呼唤。"

土匪说："我犯下了无数的罪行。"

圣人回答："我犯下的罪行也无法计算。"

土匪站了起来，他两眼盯着圣人，露出一种奇怪的神色。然后他就离开了我们，连蹦带跳地跑下山去。

我转身去问圣人："你为何给自己加上莫须有的罪行？你没有看见此人走时已对你失去信任？"

圣人说道："是的，他已不再信任我。但他走时毕竟如释重负。"

正在这时，我们听见土匪在远处引吭高歌，回声使山谷充满了欢乐。

一个臭词儿

[保加尼亚] 兰·波西列克

　　一只小熊进了荆棘丛生的灌木林而走不出来，一位樵夫路过，把它救了。

　　母熊见到这件事，便说："上帝保佑您，好人。您帮了我大忙。让我们交个朋友吧，怎么样？"

　　"嗯，我也不知道……"

　　"为什么？"

　　"怎么说呢？可不能太相信熊吧。虽然肯定地说，这并不适用于所有的熊。"

　　"对人也不能太相信，"熊回答，"可这也不适用于您。"

　　于是樵夫和熊便结成了朋友。两人过从甚密。

　　一个夜晚，樵夫在树林里迷了路。他找不到地方睡觉，就到了熊窝。熊安排他住了一宵，还以丰盛的晚餐款待了他。翌晨，樵夫起身要走。熊吻了吻樵夫，说，"原谅我吧，兄弟，没有能好好招待您。"

　　"不要担忧，熊大姐，"樵夫回答，"招待得很好，只是有一点，也是我唯一不喜欢你的地方，就是你身上的那股臭味。"

　　熊听了怏怏不乐。她对樵夫说："拿斧子砍我的头。"

　　樵夫举起斧子轻轻打了一下。

　　"砍重一点！砍重一点！"熊说。樵夫便使劲砍了一下，鲜血从熊的头上迸了出来。熊没有吭一声。樵夫就走了。

　　若干年后，有一次，樵夫不知不觉地到了离熊窝很近的地方，就去看望熊。熊衷心地欢迎他，又以丰盛的食品来招待。告辞时，樵夫问："伤口愈合了吗？熊大姐。"

"什么伤口？"熊问。

"我打你头留下的伤口。"

"噢，那次痛了一阵子，后来就不痛了，伤口愈合后，我就忘了。不过那次您说的话，就是你用的那个词，我一辈子也忘不了。"

智者与庸人

［哈萨克斯坦］阿拜

　　阿拜（1845—1904年）出生于中亚细亚成吉思汗山区托布克特部落，是哈萨克族的著名诗人，伟大的思想家，哲学家，近代哈萨克书面文学的奠基人，他把哈萨克诗歌推向一个新的高潮。他创作了大量的诗歌、长诗、散文和哲学作品，主要作品有《我当了部落头人》《假如你心中有智慧之光》《玛赫苏特》《艾孜木》等。他的诗既富有哲理性，又富有战斗性，无论思想性和艺术性都达到了相当高的程度，他对哈萨克文学的发展产生了深远的影响。

　　我发现区分智者与庸人有一点明显的不同。

　　首先，人来到世上，对周围的一切并不会无动于衷。一个人对自己兴趣所至一旦执着追求，终会在他人生之旅留下一段最美好的记忆。

　　于是，智者全身心地投入他所认定的事业中，致力于不断追求，不断探索，乐在其中。对他而言，可谓人生无悔。

　　庸人往往漫无目的，庸庸无才，碌碌无为，虚度光阴，虚度年华，虽终日后悔不迭，但也于事无补。年轻时总喜欢朝三暮四，显得无所不能，似乎对他来说韶华不逝，精力永远旺盛。然而当他真正追求某一项事业时，才发现自己早已力不从心，只能徒叹心有余而力不足矣。

再者，过于热衷某一件事，这会使你产生一种癖好。每一种癖好自会有它的痛苦。当你实现或接近实现你的癖好时，会令你陶然入醉。

而每一次陶醉都会导致你有所疏失，甚至失去理智。于是，给那些搬弄是非者以评头论足的可乘之机。

每当这种关头，智者丝毫不会惊慌，既保持了清醒的头脑，又避免成为众矢之的，同时依然孜孜以求。

庸人则早已丢盔卸甲，狼狈不堪，却又不顾首尾，目空一切，搞得到处沸沸扬扬。

倘若你想站在智者的行列，如果不是每天都有什么收获，也该每周有所收获，哪怕一个月总该有一次收获。否则，你就应该反躬自问，检讨一下你的这一段人生是怎样度过的？是否真正做到献身科学，或为后世积德，或为今世做些有益的事，从而没有虚度年华？

抑或连你自己也不清楚你的作为？

幸 福

[德国] 克里斯蒂安森

幸福是游移不定的，上帝并没有让它永驻人间。世界上的一切都瞬息万变，不可能寻索到一种永恒。环顾四周，万变皆生。我们自己也处于变化之中，今日所爱所慕到明朝也许荡然无存。

明智之举是当我们惬意时便纵情享乐，不可因一念之差而失满足的情趣；同时，也别想将片刻之乐永系在身，这种念头只能是无望痴心。所谓幸福者殊有所见，也许这种人压根就不存在；而心满意足之人则随处可见。在所有给我以深刻印象的事物中，最令我中意的便是这种满足之情。此种情感缘于我感觉的强烈驱使，是我之所见所闻的必然结果。幸福并没有悬挂招牌，欲同它相识相随，唯一的途径便是走入幸福者的内心。而心满意足的情绪却可以得之于人的眼神、举止、言谈、步履，让旁人受其感染，不由自主地随之投入。当你在节日里看到人们尽情欢乐、喜笑颜开、神情容颜中流露出穿透生活阴霾的喜悦之情时，难道不会感到这是生活中最甜美的享受吗？

最简单的最好

[爱尔兰] 维廉·巴克莱

我从饮食方面学到人生的一门功课。原来我们最怀念的东西，也是最简单的东西。家就是一个例子。清早离家没有人说"再见"，晚上回家没有人欢迎，那种冷冰冰的生活是无法忍受的。

最坏的家，只要有爱在其中，都好过管理得最完善的公共机构。我绝无意贬低公共机构的价值，可是公共机构决不能代替家。

家的确十分甜蜜。

朋友也是如此。

我常常喜欢引用一位希腊人所说的话，他和苏格拉底以及当时伟大的学者非常接近。有天，人家问他，什么是他最感谢上主的事。他回答说："像我这样的人，能有这么多朋友，是我最心存感恩的事。"

工作也是如此。

工作的重要超乎一切。每逢忧伤的日子，生活孤单的时候，工作是最大的安慰。

约翰·卫斯理最有名的一句祷词是："求主别让一个人生而无用。"失掉了所爱的人，失去了朋友，都是伤心的事；失去了要做的工作，更是大悲剧。

让我们为这些简单的事物感谢天父。

感谢天父给了我们家和亲爱的人。

感谢天父给了我们朋友。

尤其要感谢天父的，是给了我们工作，也给了我们身体的力量、技能和智力，去完成这些工作。

幸福是什么

［美国］丽莎·普兰特

幸福是什么？在我看来，幸福来源于"简单生活"。文明只是外在的依托，成功、财富只是外在的荣光，真正的幸福来自于发现真实独特的自我，保持心灵的宁静。

有人问我，"简单生活"是否意味着苦行僧般的清苦生活，辞去待遇优厚的工作，靠微薄的存款过活，并清心寡欲？这是对"简单生活"的误解。"简单"意味着"悠闲"，仅此而已。丰富的存款，如果你喜欢，那就不要失去，重要的是要做到收支平衡，不要让金钱给你带来焦虑。无论是中产阶级，还是收入微薄的退休工人，都可以生活得尽量悠闲、舒适，在过"简单生活"这一点上人人平等。这个时代，不是人人都必须像梭罗一样带上一把斧子走进森林，才能获得平静安逸的感觉。关键是我们对待生活的方式，是我们是否愿意抵制媒体、商业向我们大力促销的"财富中心论"，是我们如何在日常生活中挖掘、发展生命的热情、真实和意义。

简单，是平息外部无休无止的喧嚣，回归内在自我的唯一途径。当我们为拥有一幢豪华别墅、一辆漂亮小汽车而加班加点地拼命工作，每天晚上在电视机前疲惫地倒下；或者是为了一次小小的提升，而默默忍受上司苛刻的指责，并一年到头赔尽笑脸；为了无休无止的约会，精心装扮，强颜欢笑，到头来回家面对的只是一个孤独苍白的自己的时候，我们真该问问自己干吗这样，它们真的那么重要吗？

简单的好处在于：也许我没有海滨前华丽的别墅，而只是租了一套干净漂亮的公寓，这样我就能节省一大笔钱来做自己喜欢的事，比如旅行或者是买上早就梦想已久的摄影机。我也再用不着在上司面前唯唯诺诺，我自己就是自己的主人，提升并不是唯一能证明自己的方式，很多人从事半日制工作或者是自由职业，这样他们就有更多的时间由自己支配。而且如果我不是那么太忙，能推去那些不必要的应酬，我将可以和家人、朋友交谈，分享一个美妙的晚上。

我们总是把拥有物质的多少、外表形象的好坏看得过于重要，用金钱、精力和时间换取一种有目共睹的优越生活，却没有察觉自己的内心在一天天枯萎。事实上，只有真实的自我才能让人真正地容光焕发，当你只为内在的自己而活，并不在乎外在的虚荣，幸福感才会润泽你干枯的心灵，就如同雨露滋润干涸的土地。

我们需求得越少，得到的自由就越多。正如梭罗所说："大多数豪华的生活以及许多所谓的舒适的生活，不仅不是必不可少的，反而是人类进步的障碍，对于豪华和舒适，有识之士更愿过比穷人还要简单和粗陋的生活。"简朴、单纯的生活有利于清除物质与生命本质之间的樊篱。为了认清它，我们必须从清除嘈杂声和琐事开始，认清我们生活中出现的一切。哪些是我们必须拥有的，哪些是必须丢弃的。

多一份舒畅，少一份焦虑；多一份真实，少一份虚假；多一份快乐，少一份悲苦，这就是简单生活所追求的目标。外界生活的简朴将带给我们内心世界的丰富，从而我们将发现新生活在面前敞开，我们将变得更敏锐，能真正深入、透彻地体验和理解自己的生活，我们将为每一次日出、草木无声的生长而欣喜不已，我们将重新向自己喜爱的人们敞开心扉，表现真实的自然，热情地置身于家人、朋友之中，彼此关心，分享喜悦，真诚以对。那时我们将发现不能接近他人，因隔阂而不能相互沟通，不过是匆忙、疲惫造成的假象。只有当我们轻松下来，开始悠闲的生活才能体验亲密和谐，友爱无间。我们将不是在生活的表面游荡不定，而是深入进去，聆听生活本质的呼唤，让生活变得更有意义。

学无止境

[美国] 斯坦贝克

斯坦贝克（1902—1968年）美国小说家。他在大学学习期间开始写作，1929年发表第一部长篇小说《金杯》，随后发表两部小说《天堂的牧场》和《献给一位无名的神》。1936年发表《胜负未决的战斗》，1937年发表《鼠与人》，1938年发表短篇小说集《长谷》，其中包括中篇小说《红马驹》。代表作《愤怒的葡萄》于1940年获普利策小说奖。

第二次世界大战期间，他到欧洲当过战地记者。这一时期的小说有《月落》《罐头厂街》《任性的公共汽车》等。斯坦贝克后期的主要作品是两部长篇小说《伊甸园以东》和《我们的不满的冬天》。

斯坦贝克于1962年获得诺贝尔文学奖。1964年获得美国总统自由勋章。1968年12月20日因心脏病死于纽约。

这是美国东部一所规模很大的大学毕业考试的最后一天。在一座教学楼前的阶梯上，有一群机械系大四学生挤在一起，正在讨论几分钟后就要开始的考试。他们的脸上显示出很有信心，这是最后一场考试，接着就是毕业典礼和找工作了。

有几个说他们已经找到工作了。其他的人则在讨论他们想得到的工作。怀着对四年大学教育的肯定，他们觉得心理上早有准备，能征服外面的世界。

即将进行的考试他们知道只是很轻易地事情。教授说他们可以带需要的教科书、参考书和笔记，只要求考试时他们不能彼此交头接耳。

他们喜气洋洋地鱼贯走进教室。教授把考卷发下去，学生都眉开眼笑，因为学生们注意到只有五个论述题。

三个小时过去了，教授开始收集考卷。学生们似乎不再有信心，他们脸上有可怕的表情。没有一个人说话，教授手里拿着考卷，面对着全班同学。教授端详着面前学生们担忧的脸，问道："有几个人把五个问题全答完了？"

没有人举手。

"有几个答完了四个？"

仍旧没有人举手。

"三个？两个？"

学生们在座位上不安起来。

"那么一个呢？一定有人做完了一个吧？"

全班学生仍保持沉默。

教授放下手中的考卷说："这正是我预期的。我只是要加深你们的印象，即使你们已完成四年工程教育，但仍旧有许多有关工程的问题你们不知道。这些你们不能回答的问题，在日常操作中是非常普遍的。"

于是教授带着微笑说下去："这个科目你们都会及格，但要记住，虽然你们是大学毕业生，但你们的教育才开始。"

时间消逝，这位教授的名字已经模糊，但他的训诫却不会模糊。

美腿与丑腿

[美国] 本杰明·富兰克林

世界上有两种人，他们的健康、财富，以及生活上的各种享受大致相同，结果，一种人是幸福的，另一种人却得不到幸福。他们对物、对人和对事的观点不同，那些观点对于他们心灵上的影响因此也不同，苦乐的分野主要的也就在此。

一个人无论处于什么地位，遭遇总是有顺利有不顺利；无论在什么交际场合，所接触到的人物和谈吐，总有讨人欢喜的和不讨人欢喜的；无论在什么地方的餐桌上，酒肉的味道总是有可口的也有不可口的，菜肴也是煮得有好有坏；无论在什么地带，天气总是有晴有雨；无论什么政府，它的法律总是有好的，也有不好的，而法律的施行也是有好有坏。天才所写的诗文，里面有美点，但也总可以找到若干瑕疵。差不多每一张脸上，总可找到优点和缺陷，差不多每一个人都有他的长处，也有他的短处。

在这些情形之下，上面所说两种人的注意目标恰好相反：乐观的人所注意的只是顺利的际遇、谈话之中有趣的部分、精制的佳肴、美味的好酒、晴朗的天气等，同时尽情享乐；悲观的人所想的和所谈的却只是坏的一面，因此他们永远感到快快不乐，他们的言论在社交场所既大煞风景，个别的还得罪许多人，以致他们到处和人格格不入。如果这种性情是天生的，这些快快不乐的人倒是更堪怜悯。但那种吹毛求疵令人厌恶的脾气，也许根本从模仿而来，于不知不觉中养成了习惯。假若悲观的人能够知道他们的恶习对于他们一生幸福有如此不良的影响，那么即使恶习已经到了根深蒂固的程度，也还是可以矫正的。我希望这一点忠告可能对悲观的人有所帮助，促使他们去除恶习；这种恶习实际上虽然只是一种态度，一种心理行为，但是它却能造成终生的严重后果，带来真的悲哀与不幸。他们得罪了大家，大家谁也不喜欢他们，至多以极平常的礼貌和敬意跟他们敷衍，有时甚至连极平常的礼貌和敬意都谈不到。他们常常因此很气愤，引起种种争执。他们如想地位改变或财富增加，别人谁也不会希望他们成功，没有人肯为成全他们的抱负而出力或进言。如果他们招受到公众的责难或羞辱，也没有人肯为他们的过失辩护或予以原谅；许多人还要夸大其词地同声攻击，把他们骂得体无完肤。如果这些人不愿矫正恶习，不肯迁就，不肯喜欢一切别人认为可爱的东西，而总是怨天尤人，为一切不可爱的东西自寻烦恼，那么大家还是避免和他们交往的好；因为这种人总是和人难以相处，一旦你发觉自己被牵缠在他们的争吵中时，你将感到很大的麻烦。

我有一位研究哲学的老朋友，由于饱经世故，时时谨慎、留神，避免和这种人亲近。他像一般哲学家一样，备有一具显示气温的寒暑表，和一具预示晴雨的气压计；但什么人有这种坏脾气，世界上还没有人发明什么仪器，可以使他一看便知。因此他就利用他的两条腿，一条长得非常好看，另一条却因遭逢意外事件而呈畸形。陌生人初次和他见面，如果对他的丑腿比对他的好腿更为注意，他就有所疑忌。如果此人只谈起那条丑腿，不注意那条好腿，这就足以使我的朋友决定不再和他作进一步的交往。这样一副大腿仪器并非人人都有，但是只要稍微留心，那种有吹毛求疵恶习之流的一些行迹，大家都能看出来，从而可以决定避免和他们交往。因此，我劝告那些性情苛酷、怨愤不平、郁郁寡欢的人，如果他们希望能受人敬爱而自得其乐，他们就不可再去注意人家的丑腿了。

最后一美元

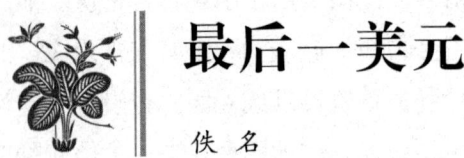

佚 名

20年前那个雨雪霏霏、北风烈烈的季节。刚刚中学毕业的我，带着对音乐的狂热，只身来到纳什维尔，希望成为一名流行音乐节目主持人。

然而。我却四处碰壁。一个月下来，口袋里差不多已空空如也。幸而一位在超级市场工作的朋友把那里准备扔掉的过期食品偷偷接济我，才勉强度日。最后，我只剩下一美元，却怎么也舍下得把它花掉，因为上面满是我喜爱好歌星的亲笔签名。

一天早晨，我在停车场留意到一名男子坐在一辆破旧不堪的汽车里。一连两天，汽车都停在原地。而那名男子每次看到我都温和地向我挥挥手。我心里纳闷，这么大的风雪，他待在那儿干吗？

第三天早晨，当我走近那辆汽车时，那名男子把车窗摇下来。我停住脚步，和他攀谈起来。交谈中，我了解到，他是到这里应聘的，但因早到了三天，所以无法立即工作。口袋里又没钱，只好待在车里不吃不喝。

他忸怩片刻，然后红着脸问我是否可以借给他一美元买点吃的，日后再还我。然而，我也是自身难保。我向他解释了我的困境，不忍看到他失望的表情而转身离去。

刹那间，我想起口袋里的那一美元，犹豫了片刻，我终于下了决心。我走到车前，把钱递给了他。他的两眼顿时亮了起来。"有人在上面写满了字。"他说。他没有留意那全是亲笔签名。

那一天，我尽量不去想这珍贵的一美元。然而时来运转，就在当天早晨，一家电台通知我去录节目，薪金500美元。从那以后，我一炮打响，成为正式节目主持人，再不用为吃穿用度发愁。

我再没见过那辆汽车和那名男子。有时候，我在想他到底是乞丐，还是上天派来的使者。但有一点是清楚的，这是我人生碰到的一次至关重要的考试——我通过了。

招考学徒

[德国] 汉斯·巴尔斯

电动机工业大厂的培训部主任梅尔瓦因师傅对学徒有敏锐的嗅觉，能在为数众多的应试人当中嗅出他所需要的人。他择优录取的方法简单而迅速有效。反正他总能想出一些新招来选出他所想要的人。

现在正有一批年轻小伙子等在他的门前，他们穿着厂子借给的装配工工装。弗兰茨·贝尔纳，一个十七岁的中学生就站在他们中间，他的父亲在战争中阵亡。他是唯一拿不出介绍信的人。

当他们敲梅尔瓦因先生办公室门的时候，培训部主任正坐在自己的写字台边喝咖啡。小青年们敲了半天门，得不到回信，可他们是被特意派到这儿来的。他们无可奈何，面面相觑。便又贴门倾听。毫无声息！于是弗兰茨·贝尔纳壮起胆子说道："没准他没听见，我再敲一下试试！"

其他青年耸耸肩头。他爱干就干吧！他敲敲门，屋子里传来一句恼怒的骂声。

"他说什么？"这时弗兰茨也没把握了。——"好像是说：进来吧！"另一个人答道。于是弗兰茨按动门把手，门开了一条缝。小青年们都站在门框里。

"一群老脸皮厚的东西！我说不要打扰我，你们没有耳朵？"写字台旁传来暴跳如雷的吼声。小青年们不由自主地往后退缩一下。

"嗯，怎么不吭气？快说呀！"

弗兰茨往前跨了一步："是人家派我们来的。请你原谅。我们还以为，您是让我们进来呢。"

"噢？是派你们来的？那你们就没学会等一等？给我滚到外面去等着！

你们没有看见我在忙？"

门砰的一声关上了。小青年们愤愤地议论着，坐到了一张长椅上。"老不死的！"有人还送给梅尔瓦因这样一个雅号。

好半天以后才让他们进去。这时这位凶神已显得有些人情味了。他的提问简短而精当，而回答也得这样。"你们懂得刚才的教训了吗？"他忽然出其不意地问道。小青年们嗫嚅地嘀咕了点什么。

小青年们显得有点惶惑。"你们说呀！"

一个人答道："当然是您做得对！"

梅尔瓦因师傅的面孔深不可测。他严厉地盯住弗兰茨："你是怎么看的？"

这位青年坚定地答道："我不这么认为！"

"噢？那你的看法呢？"

"我们不是想打扰您。我们只是没听明白您的话，我们还以为您是叫我们进来呢。"

"你大概是这么想的，对么？"

"是的，我是这么想的。"

"孩子，你要记住这一点：要想，你还是让马去想吧，马的脑袋可比你的大得多！"青年的脸庞刷地一下涨得通红，他的牙齿紧紧地咬住下唇，其他的应考者笑了起来，笑声里既有一点讨好的意味，又有一点幸灾乐祸的意味。梅尔瓦因师傅仍然毫不留情地问："我说的不对？""不对，我决不让人禁止我思想！"

"嗨，那好，这个问题咱们再谈谈。别的人都可以走了。过后你们会接到通知的。这位'思想家'还要在这儿多留一会儿！"

报考学徒工的这些人鞠了一个完美无缺的大躬。离去了。他们那放肆的笑声对贝尔纳来说意味深长，对这位经验丰富的培训部主任来说也是再清楚不过的了。

门刚刚从他们向后关上，梅尔瓦因先生就拍拍弗兰茨的肩膀："好样儿的，孩子！好好保留着你这种坦诚的态度和刚直不阿的勇气！这对你的一生都会有用的。"

　　弗兰茨难以置信地盯着这位男子。培训部主任笑道，"你被录取了！复活节后就开始来我们这儿干吧！你永远也别失去自己的勇气！"这时弗兰茨也笑了。"哦。明白了！"他神采焕发地说道。

小　丑

[俄国] 屠格涅夫

　　屠格涅夫（1818—1883年），俄国作家。生于贵族家庭。1847—1852年发表《猎人日记》，揭露农奴主的残暴，农奴的悲惨生活，因此被放逐。在监禁中写成中篇小说《木木》，对农奴制表示抗议。以后又发表长篇小说《罗亭》《贵族之家》，中篇小说《阿霞》《多余人的日记》等，描写贵族地主出身的知识分子好发议论而缺少斗争精神的性格。在长篇小说《前夜》中，塑造出保加利亚革命者英沙罗夫的形象。后来发表长篇小说《父与子》，刻画贵族自由主义者同平民知识分子之间的思想冲突。后期长篇小说《烟》和《处女地》，否定贵族反动派和贵族自由主义者，批评不彻底的民粹派，但流露悲观情绪。此外，还写有剧本《村居一月》和散文诗等。

永/恒/的/经/典

Yong Heng De Jing Dian

　　世间曾有一个小丑。

　　他长时间都过着很快乐的生活；但渐渐地有些流言传到了他的耳朵里，说他到处被公认为是个极其愚蠢的，非常鄙俗的家伙。

　　小丑窘住了，开始忧郁地想：怎样才能制止那些讨厌的流言呢？

　　一个突然的想法，终于使他愚蠢脑袋瓜开了窍。于是他一点也不拖延，

159

把自己的想法付诸实施。

他在街上碰见了一个熟人——接着，那熟人夸奖起一位著名的色彩画家……

"得了吧！"小丑提高声音说道，"这位色彩画家早已被认为不行啦！您还不知道这个吗？我真没想到您会这样……您是个落后的人啦。"

熟人感到吃惊，并立刻同意了小丑的说法。

"今天我读完了一本多么好的书啊！"另一个熟人告诉他说。

"得了吧！"小丑提高声音说道，"某君明明是个下流东西！他掠夺过所有的亲戚的东西。谁还不知道这个呢？您是个落后的人啦！"

第二个熟人同样感到吃惊，也同意了小丑的说法，并且不再同那个朋友来往。总之，人们在小丑面前无论赞扬谁和赞扬什么，他都一个劲儿地驳斥。

只是有时候，他还以责备的口气补充说道："您至今还相信权威吗？"

"好一个坏心肠的人！一个好毒辣的家伙！"他的熟人们开始谈论起小丑了，"不过，他的脑袋多么不简单！"

"他的舌头也不简单！"另一些人又补充道，"哦，他简直是个天才！"

末了，一家报纸的出版人，请小丑到他那儿去主持一个评论专栏。于是，小丑开始批判一切事和一切人，一点也没有改变自己的手法和自己趾高气扬的神态，现在，他——曾经大喊大叫反对过权威的人——自己也成了一个权威了，而年轻人正在崇拜他，而且害怕他。

他们，可怜的年轻人，该怎么办呢？虽然一般地说，不应该崇拜……可是，在这儿，你试试不再去崇拜吧——你就将掉到落后的人们中去！

在胆小的人们中间。小丑们是能很好地生活的。

荷马墓上的一朵玫瑰

[丹麦] 安徒生

汉斯·安徒生（1805年4月2日—1875年8月4日）丹麦作家，诗人，因为他的童话故事而世界闻名。他最著名的童话故事有《小锡兵》《冰雪女王》《拇指姑娘》《卖火柴的小女孩》《丑小鸭》和《红鞋》等。安徒生生前曾得到皇家的致敬，并被高度赞扬为给全欧洲的一代孩子带来了欢乐。他的作品已经被译为150多种语言，成千上万册童话书在全球陆续发行出版。他的童话故事还激发了大量电影、舞台剧、芭蕾舞剧以及电影动画的制作。

东方所有歌曲都歌颂着夜莺对玫瑰花的爱情。在星星闪耀着的静夜里，这只有翼的歌手就为他芬芳的花儿唱一支情歌。

离斯米尔那不远，在一株高大的梧桐树下，商人赶着一群驮着东西的骆驼。这群牲口骄傲地昂起它们的脖子，笨重地在这神圣的土地上行进。我看到了开满了花的玫瑰树所组成的篱笆。野鸭子在高大的树枝间飞翔。当太阳射到它们身上的时候，它们的翅膀发着光，像珍珠一样。

玫瑰树篱笆上有一朵花，一朵所有花中最美丽的花。夜莺对她唱出他的爱情的悲愁。但是这朵玫瑰花一句话也不讲，她的叶子上连一颗作为同情的眼泪的露珠都没有。她只是面对着几块石头垂下它的枝子。

"这儿躺着世界上一个最伟大的歌手！"玫瑰花说。"我在他的墓上散发出香气，当暴风雨袭来的时候，我的花瓣落到它身上。这位《伊利亚特》的歌唱者变成了这块土地中的尘土，我从这尘土中发芽和生长！我是荷马墓上长出的一朵玫瑰，我是太神圣了，我不能为一个平凡的夜莺开出花来。"

于是夜莺就一直歌唱到死。

赶骆驼的商人带着他驮着东西的牲口和黑奴走来了。他的小儿子看到了这只死鸟。他把这只小小的歌手埋到伟大的荷马的墓里。那朵玫瑰花在风中发着抖，黄昏到来了，玫瑰花紧紧地收敛起它的花瓣，做了一个梦。

她梦见一个美丽的、阳光普照的日子，一群异国人——佛兰克人——来参拜荷马的坟墓。在这些异国人之中有一位歌手；他是来自北国，来自云块和北极光的故乡，他摘下这朵玫瑰，把她夹在一本书里，然后把她带到世界的另一部分——他的辽远的祖国。这朵玫瑰在悲哀中萎谢了，静静地躺在这本小书里。他在家里把这本书打开，说："这是从荷马的墓上摘下的一朵玫瑰。"

这就是这朵花做的一个梦。她惊醒起来，在风中发抖。于是一颗露珠从她的花瓣上滚到这位歌手的墓上去。太阳升起来了。天气渐渐温暖起来，玫瑰花开得比以前还要美丽。她是在她温暖的亚洲。这时有脚步声响起来了。玫瑰花在梦里听到的那群佛兰克人来了；在这些异国人中有一位北国的诗人。他摘下这朵玫瑰，在它新鲜的嘴唇上亲了一吻，于是就把它带到云块和北极光的故乡去。

这朵花的躯体像木乃伊一样，现在躺在他的《伊利亚特》里面。它像在做梦一样，听到他打开这本书，说："这是荷马墓上的一朵玫瑰。"

干蠢事的"前奏"

[美国] 罗伯特·福尤姆

　　那是1959年的夏天，我在一个小客栈找到一份在柜台值夜班和给马厩添饲料的工作。每晚当班时，总见即将回家的老板不客气地告诫"不可马虎。我会天天查的！"那时我22岁，刚从大学毕业，血气方刚，对这位从无笑容的老板大为不满。

　　一星期过去了，雇员们每天一顿的午餐一成不变：两片牛肉熏肠，一点泡菜和粗糙的面包卷。我越吃越没味。午餐的钱竟还是从我们的工资中扣除的。"简直是法西斯分子！"我变得难说忍受了。

　　我确实被激怒了。没有发泄的对象，我只能向来接我夜班的西格蒙德·沃尔曼大发牢骚。我宣称："总有一天，我要端一盘牛肉熏肠和泡菜去找老板，把这些东西一股脑儿朝他脸上扔去。""这地方真见鬼，我马上卷铺盖离开这里！"

　　我越讲火气越大，滔滔不绝地嚷嚷了近二十分钟，中间还夹杂着拍桌子声和下流的骂骂咧咧。此刻，忽然注意到西格蒙德·沃尔曼一直不动声色地坐在那儿，用他那悲伤、忧郁的眼神看着我。他当然有充分的理由悲伤、忧郁、因为他是犹太人，奥斯威辛集中营的幸存者，瘦弱，不停地咳嗽整整伴随了他三年。他似乎特别喜欢夜晚的工作，这样他感到安静，有足够的时间和空间回忆可怕的过去。对他来说，最大的享受莫过于没有人再强迫他该干什么。在奥斯威辛，他就梦想着这个时光。

　　"听着，福尤姆，听我说，你知道自己错在哪里吗？不是熏肠，不是泡菜，不是老板，不是厨师也不是这份工作。"

　　"我有什么不对？"

"福尤姆，你认为自己什么都懂，但你连小小的挫折与真正的困难都分不清。假如你摔断了脖子，假如你整日填不饱肚子，假如你家的房子着火了——那才是遇到了难以对付的困难哩。任何事情都不可能尽如人意，生活本身就充满矛盾，它像大海波涛一样起伏不平。学会区分什么是小小的挫折，什么是大的困难，不为小事而发火，你就会长生不老。祝你晚安。"

在我的一生中，很少有人这样看透我。在漫长的黑夜中，西格蒙德·沃尔曼朝我这个大饭桶踢了一脚，在我脑子里打开一扇窗户。

如今，30年过去了，每当我面临困境，遇到挫折，想大发其火，怨天尤人时。一张悲痛而又忧伤的脸盘就出现在我面前并问我："难以克服的困难，还是小小的挫折？"

生活之海波浪起伏。麦片粥结块了，或者胸腔里出现肿块，这当然完全不同，但是有人却似乎分辨不清，动辄发火，干出蠢事。晚安，西格蒙德·沃尔曼。

这回运气好，没有风

[南非] 班纳德

那是在克尼斯纳，一个林工正解释如何伐树。他指出：要是你不知道那棵树砍了会落在哪里，就不要去砍它。"树总是朝支撑少的那一方落下，所以你如果想使树朝哪个方向落下，只要削减那一方的支撑便成了。"他说。我半信半疑，稍有差错，我们就可能一边损失一幢昂贵的小屋，另一边损坏一幢砖砌车库。

我满心焦急，在两幢建筑物中间的地上画一条线。那时还没有链锯，伐树主要是靠腕劲和技巧。老林工朝双手阵口水，挥起斧头。向那棵巨松砍去，树身底处粗一米多。他的年纪看来已六十开外，但臂力十足。

约半小时后，那棵树果然不偏不倚地倒在线上，树梢离开房子很远。我恭贺他砍伐成一堆整齐的圆木，又把树枝劈成柴薪。我告诉他，我绝不会忘记他的砍树心得。

他举起斧头扛在肩上，正要转身离去，却突然说："我们运气好，没有风。永远要提防风。"

老林工的言外之意，我在数年后接到关于一个心脏移植病人的验尸报告时才忽然明白。那次手术想象不到地顺利，病人的复原情况也极好。然而，忽然间一切都不对了，病人死掉了。验尸报告指出病人腿部有一处微伤，伤口感染了肺，导致整个肺丧失机能。

那老林工的脸蓦地在我脑海里浮现。他的声音也响起来："永远要提防风。"简单的事情、基本的真理，需要智慧才能了解。那个病人的死，惨痛地提醒我们"为山九仞，功亏一篑"这个道理。纵使那个伤口对健康的人是无关痛痒的，但已夺了那个病人的命。

老林工和他的斧子可能早已入土。然而，他却留下了一个训诫给我，待我得意之时用来警惕自己。人人都得意洋洋时，我会紧紧叮着镜里的影子，对自己说："我们这回运气好，没有风。"

门前天使

[美国] 雪利·贝切尔德

本那天早晨送牛奶到我表哥家时,不像往常那样开朗。这个身材瘦小的中年男子似乎没心情与别人闲聊。

那是1962年11月下旬,我刚搬到新住处不久,看到仍有送奶工把牛奶送到各家门前,感到非常高兴。有几个星期,我和丈夫、孩子暂住在我表哥家,四处找房。慢慢地我喜欢上本的妙语连珠了。

可是今天他却一脸不高兴,把篮里的牛奶拿出来,重重地放在门前。我旁敲侧击,几经探问,他才有些难堪地告诉我,有两户没付钱就搬家了,他只能自己赔偿损失。其中一家欠了10美元,另一家竟拖欠了79美元,并且没留下新地址。本因为自己愚蠢地让他们赊了这么多账感到十分恼火。

"她是个漂亮女人,"他说,"有6个孩子,还怀着一个。她总说等她丈夫找到职业后马上付钱。我相信了她。我多傻!我以为我在做好事,可我却得了个教训。我上当了!"

我只能说:"我为你的遭遇感到难过。"

我再次见到他时,他好像更愤怒了。他一提起那群遗邋遢的孩子喝光了他的牛奶就怒不可遏。那可爱的人家在他眼中成了一群顽少之徒。

我对他再次表示同情,绝不提此事。但本走后,我还是在想他的问题。希望能帮助他。我担心这件事会伤害一个热心人。于是冥思苦想该怎么办。我想起圣诞节就要来临了,以前我祖母常说"要是有人抢你的东西,就干脆送给他,这样谁也不能再从你身上抢走什么了"。

下一次本送牛奶来时,我告诉他我有办法让他为那失去的79美元感觉好些。

"什么方法都没用，"他说，"不过你还是讲吧。"

"把牛奶送给那女人吧，就算是需要牛奶的孩子们的圣诞礼物。"

"你在开玩笑吧？我甚至没有送过我妻子这么贵重的礼物。"

"你知道《圣经》上说：我是过客，你招待了我。你就算是招待了她和她的孩子吧。"

"你是说她没有欺骗我？问题是那不是你的79美元。"

我暂且不提此事了，但我还是认为我的建议会奏效的。

以后他送牛奶来时，我就逗他说："你送牛奶给她了吗？"

"没有，"他厉声道，"不过我在考虑送我太太一份79美元的礼物，除非又有一位漂亮的母亲想利用我的恻隐之心。"

每次我问起这个问题，他看上去好像都会开朗一些。

离圣诞节还有6天，奇迹出现了。他来时满面笑容，两眼闪光。"我送她了！"他说，"我把牛奶当做圣诞礼物送给她。这不容易，但我又损失了什么呢？钱反正找不回来了，不是吗？"

"是这样，"我也为他高兴，"可你得是诚心诚意要送她。"

"我知道。我的确是诚心诚意的。而且我真的感觉好多了，圣诞节我的心情很好。因为我的缘故那些孩子的麦片里又多了许多牛奶。"

圣诞假期来去匆匆。两个星期后，一个阳光明媚的早晨，本几乎是跑着过来的。他网嘴笑着说："知道我要告诉你什么！"

他解释说，他替另一位送奶工跑了其他的路线。他听到有人叫他的名字，田头望见一个女人向他跑来，手里挥着钱。他立刻认出了她一那个有一群孩子，没有付他奶钱的女人。她怀抱着用小毯子裹着的婴儿，风把她褐色的长发吹到眼前。

"本，等一下！"她叫道，"我来还你钱啦。"

本停下货车，走下来。

"我很抱歉，"她说，"我真的是要付你钱的。"她解释说她的丈夫一天晚上回来，告诉她找到了一处便宜的公寓，还得到一份夜工。这一切来得那么突然，她竟忘记留下地址。"可我一直在攒钱，"她说，"先还你20美元。"

"没关系。"本答道。"钱已经付了。"

"付了！"她叫道，"什么意思？是谁付的？"

"我付的。"

她望着他，仿佛他是天使加百利。她哭了起来。

"那你怎么做的？"我问。

"我不知该怎么办，就搂住她。我不知道怎么也哭起来了。然后我又想起那些孩子的麦片里都有牛奶。谢谢你告诉我这么做。"

"你收了那20美元？"

"当然没有，"他激动地说，"那些牛奶是我送给她的圣诞礼物。你说不是吗？"

沙的故事

［印度］奥修

　　有一条河流，它发源于一个很远的山区，流经各式各样的乡野，最后它流到了沙漠。就如它跨过了其他每一个障碍，这条河流也试着要去跨越这个沙漠，但是当它进入那些沙子里，它发觉它的水消失了。

　　然而它被说服说它的命运就是要去横越这个沙漠，但是无路可走。就在这个时候，有一个来自沙漠本身隐藏的声音在耳语："风能够横越沙漠，所以河流也能够。"

　　然而河流反对，它继续往沙子里面冲，但是都被吸收了。风可以飞，所以它能够横越沙漠。

　　"以你惯常的方式向前冲，你无法跨越，你不是消失就是变成沼泽，你必须让风带领你到你的目的地。"

　　"但是这要怎么样才能够发生？"

　　"借着让你自己被风所吸收。"

　　这个概念无法被河流所接受，毕竟它以前从来没有被吸收过，它不想失去它的个性。一旦失去了它，河流怎么知道它能否再度形成一条河流？

　　沙子说："风可以来执行这项任务。它把水带上来，带着它越过沙漠，然后再让它掉下来。它以雨水的形式掉下来，然后那些雨水再汇集成一条河流。"

　　"我怎么能够知道它真的会这样呢？"

　　"它的确如此。如果你不相信，你一定会处于绝境，最多你只能够成为一个沼泽，而即使要成为一个沼泽也必须花上很多很多年的时间，而它绝对跟河流不一样。"

"但我是不是能够保持像现在这样的同一条河流呢？"

那个耳语说："在这两种情况下你都无法保持如此——"

"你本质的部分会被带走而再度形成一条河流。即使现在．你之所以被称为现在的你，也是因为你不知道哪一个部分的你是本质的部分。"

当河流听到这个，有某些回音开始在它的脑海中升起。在朦胧之中，它想起了一个状态，在那个状态下，它，或是一部分的它曾经被风的手臂拉着，的确有这么一回事吗？河流仍然不敢确定。它似乎同时想到这是一件它真正要去做的事，虽然不见得是一件很明显的事。

河流升起它的蒸气，进入了风儿欢迎的手臂。风儿温和地而且轻易地带着它一起向前走。当它们到达远处山顶的时候，风儿就让它轻轻地落下来。

由于它曾经怀疑过，所以河流在它自己的头脑里能够深刻地记住那个经验的细节。

它想："是的，现在我已经学到了真正的认同。"

河流在学习，但是沙子耳语："我们知道，因为我们每天都看到它在发生，因为我们沙子从河边一直延伸到山区。"

那就是为什么有人说：生命的河流要继续走下去的道路就写在沙子上。

科学和艺术

[英国] 赫胥黎

赫胥黎（1894—1963年）英国作家，他从小爱好自然科学和文艺，1916年发表了第一部诗集。1921年第一部长篇小说《克鲁姆庄园》问世，从此专门从事创作。

赫胥黎是个学识渊博、思想复杂的多产作家，共创作11部长篇小说，5部短篇小说集，8部诗集，以及剧本、文艺评论、游记、传记和哲学、宗教、政治、科学等各类散文多种，内容包罗万象，涉及现代文明各个重要方面。社会讽刺小说《旋律与对位》和"反乌托邦"幻想小说《美妙的新世界》是他最有名的代表作。主要作品还有神秘主义小说《加沙的盲人》等。他的小说注重阐述思想观念甚于塑造艺术形象，常被称作"观念小说"。

尊敬的弗莱德里克·累顿爵士殿下，各位阁下，各位先生：

请允许我感谢你们极大的好意，感谢你们欣然接受为科学的祝福。对我来说，更为令人高兴的是，能在这样一种集会上听到有人提议这样祝酒。因为近年来，我已经注意到，存在着一种强大的和不断发展的倾向，把科学看作一种侵略和侵犯的力量。仿佛如果任凭科学为所欲为的话，它将把其他各种研究统统从宇宙中清除出去。我认为，有许多人把我们时代这个新生的事物看作一种从现代思想海洋中生长起来的妖怪，其目的就是吞没艺术之神安德洛墨达。有那么一位柏修斯，脚穿促使作家文思敏捷的鞋子，头戴编辑文章的隐形帽，也许还有一个会诅咒人的女妖美杜莎之头，他面对着蛇发女怪美杜莎的咒骂，不时地表示要随时与科学的毒龙决一雌雄。

先生，我希望柏修斯三思而行。首先，为他自己起见，因为那玩意儿是硬的，下巴骨又厉害。过去一段时间以来，它已经显示出具有极大的能力去赢得胜利，并扫荡其前进道路上的一切障碍。其二，为了公正起见，我向你们保证，从我自己拥有的知识角度看，如果你不去惹它，它是一种很有礼貌和温和的妖怪。至于艺术之神安德洛墨达，科学对这位女士非常尊敬，只希望看到她愉快地安居下来，每年生育一群像我们在自己周围看到的那样迷人的孩子。

但是，如果撇开比喻，我就不能理解，任何一个具有人类知识的人怎么能够想像科学的成长会以各种方式威胁艺术的发展？

如果我的理解不错的话，那么科学和艺术就是自然这块奖章的正面和反面，它的一面以感情来表达事物永恒的秩序，另一方面，则以思想表达事物的永恒秩序。当人们不再爱，也不再恨；当苦难不再引起同情，伟大的业绩不再激动人心；当野百合花不再显得比功成名就的老所罗门装扮得更美；当面对白雪皑皑的高山和深不可测的山谷，敬畏之情完全消失，到那时，科学也许真的会独占整个世界。但是，这倒不是科学这个怪物吞没了艺术，而是因为人类本性的某一面已经死亡，是因为人们已经丧失了古代和现代的品质的一半。

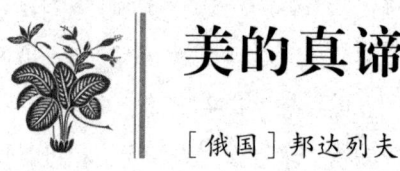

美的真谛

［俄国］邦达列夫

人如同感知般地对大自然的反映是否就是美的真谛？

我在想，我们的地球，这宇宙中鲜花盛开的神奇花园，连同它的日出日落，空气清新的早晨，星光闪烁的夜晚，冰冻的严寒，炎热的太阳，连同它全部的光明，凉快的阴影，七月的彩虹，夏秋的薄雾，雨水和白雪——我想像，我们这个地球无可补救地变成了无人的荒寂。好吧，请想象一下：在地球上再也没有人——在城市的石头走廊上，在荒野的草地上，到处只是一片沙沙作响的空旷；没有一点人声、笑声，甚至也没有一声绝望的喊叫来打破这沉寂。

在这空无一人的冰冷的寂静中，我们美丽的地球立即就失去了作为宇宙空间里人类之舟和尘世谷地的最高意义，并且它的美一下子就丧失殆尽，消失得无影无踪。因为没有了人，美也就不能在他的身上和意识里反映出来，不能被他所认识。那么美又对谁而言？对何而言？

美不能像精确的思维和细致的理智一样能自我认识。美中之美和为美而美是毫无意义的，是荒谬的和不现实的。事实上这就像为理智的理智一样，在这种消耗性的内省中没有自由的竞争，没有吸引或排斥，没有活的呼吸，因而它注定要死亡。

美必须要有反映，要有明智的评价者，有善良或赞赏的旁观者。须知美感——这是生活、爱和希望的感受——是对永生的臆想和信心，会唤起我们生的愿望。

美与生命连在一起，生命与爱连在一起，而爱则和人类连在一起。一旦这些联系的纽带中断，大自然中的美就会和人类一起灭亡。

死亡的地球上最后一位艺术家所写的书，尽管它充满了最富有天才的和谐的美，至多也只是一堆废纸和垃圾。因为书的目不是对着虚无喊叫，而是在另一个人心灵中引起反应，是思想的传递和感情的转移。

汇集了全部美的世界上所有的博物馆，所有的绘画杰作，如果离开了人类，看起来就像是一些可怕的、五颜六色的破板棚。

没有人类，艺术的美会变得乖戾丑陋，就是说变得比自然的丑更无法忍受。

大教堂

[法国] 安德烈·莫鲁瓦

　　一八八一年上，圣奥诺雷街一家画店的橱窗前，站着一名大学生。橱窗里陈列着一幅马奈的油画。名叫《夏特尔大教堂》。那时候欣赏马奈的人可谓寥寥无几，倒是这位过路学生独具慧眼；他看到画面之美，为之心醉神往。过了几天，他又特地跑来观赏。临了，他鼓足勇气迈进店门，想打听一下价钱。

　　"老实说，"画商道，"这幅画在这里已放好久了。您肯出两千法即，画就算您的了。"

　　大学生一时拿不出这么多钱，他虽然出身内地，倒还不是贫寒人家。他来巴黎上学之前，有个叔叔对他说过："青年人的那套生活，我全清楚。急需钱用时，给我来信吧。"他要求老板保留一周，不要将画卖掉，自己当即给叔叔写了一封信去。

　　这小伙子当时在巴黎轧着一个情妇。她因为嫁了一个比自己年龄大的男人，禁不住闺中寂寞。人虽有点粗俗，且很傻气，但生得倒也水秀。就在大学生打听（《夏特尔大教堂》）售价的那天晚上，她跟他说：

　　"从前同宿舍的一个女友明天要从土伦来看我。我丈夫没工夫陪我们出去，我就指望您了。"

　　第二天，这位女友来时，又有另一位女友陪着。于是乎大学生只得陪着三个女子游逛巴黎，前后玩了几天。下馆子，乘马车，上戏院，全是他做东道主，一个月的经费很快便花光了，只好向同学开口。他正开始发愁的时候，叔父的信寄到了。信中附着两千法郎汇款。这下他真是如释重负，马上还掉欠款，又给情妇买了一件礼物。那幅《大教堂》给一位收藏家买走了，许久以后。连同别的画一起，馈赠给了罗浮宫博物馆。

如今这位大学生已经成了著名的老作家。但他仍保持一颗青春的心。看到一幅风景画或好看的女子，他依然会情不由己，驻足流连。他从家中出来，在街上往往遇见一个上了年纪的邻妇。这位太太就是他昔日的相好。老妇脸上脂肪多得已面目全非。过去那么眉目清秀，现在眼睛下面垂着肉囊，嘴唇上还有灰茸茸的短毛。她步履艰难，可以想见脚力的软弱。作家看见了就打个招呼。脚步连停也不停，因为他知道她为人卑下，不愿想起昔日相爱的那段往事。

他有时去罗浮宫，上楼径往陈列《夏特尔大教堂》的展厅走去。他对着画看了又看，不禁喟然长叹。

体与脑

[黎巴嫩]雷哈尼

黎巴嫩·雷哈尼，黎巴嫩作家、政论家。生于农村，家境贫寒。12岁随家移居纽约。曾入法学院学习。1898年返回黎巴嫩。1903年再次赴美，发表英译阿拉伯古代诗人麦阿里的哲理诗《鲁祖米亚特》，受到美国文学界的注意。从此开始写作，成为阿拉伯旅美派文学的代表作家之一。他的短篇小说《贝鲁特的一天》揭露奥斯曼帝国统治者的血腥罪行，号召黎巴嫩人民团结一致，反对侵略者。其他作品还有散文诗集《山谷的呼声》，小说《谷底的百合花》，散文集《伊拉克的心脏》《黎巴嫩的心脏》《阿拉伯诸王》以及诗集《雷哈尼亚特》。

在我们经常说的谚语中有这样一句："健全的头脑基于健全的体魄。"这句话就好像是一句天启的经文了。在把这句话当做基础和口号的现代各种复兴运动中，有一种体育和奥林匹克运动的复兴——这个时代各个民族正为它而发狂，他们把体育比赛的重要性看得不亚于国防。

在这方面是有某些道理的。因为健康有力的青年，是体育和运动的产儿。体育运动使他们的体魄强健，神经灵活，给他们勇敢、胆量，让他们热衷冒险。这些青年是国防事业物质力量的源泉，是海陆空三军的中坚。

不过还有另外一些道理。那些在体育运动上出类拔萃的人，他们的智力总的来说，未必高于那些除了名字之外对球类一窍不通和除了简单跳跃外不擅长任何运动的人的智力。

我们看到，体育运动并不对头脑有很多益处。它并不能增加它的智力或聪明，不能让它经常保持健全，至少不能让它克服疾病。

我们看到很多热衷于体育运动，在这方面达到荣誉顶峰的人，他们患上了心脏病，或者肺病，年轻轻地就死去了。与此同时，很多科学和艺术上的卓越人物，他们患上了慢性病却活得很长久，身体虚弱，多种疾病，并未影响到他们的智力健全。健全的头脑并不很多地获益于发达四肢的弹性力量。

不错，适中的体育锻炼会增进人体的免疫力，从而抵御某些疾病。康妮·贝克说：头脑是身体的一部分。注意不要沉溺于逻辑推理，因为某些疯人也有野人般的健康和巨人般的力量。

因此，不要以为跑步、跳跃、打网球、踢足球，就可以增加脑力，或者改善大脑皮层。如果你想让你的头脑像你的肌体那样坚强有力、富有弹性，那你就不要仅仅满足于体育锻炼。相反，你应该训练你的头脑，就像训练你的神经和肌肉那样。你应通过阅读、审视、思考来训练它，通过文学和科学讨论，通过你的研究和开掘的课题去训练它。你应重视这个题目的发展和传播，就像重视网球或乒乓球比赛那样。

最好的智力锻炼是你阅读和思考有益的书。你思考它包含的理论、真理和教诲。使你的头脑习惯于思考吧——行走、跑步、跳跃就在思考中——正如让你的脚习惯于踢球，或者让你的手习惯于射箭或打网球。

肌体和头脑这两种力的锋利和弹性是多么好啊！这两种力的平衡是多么好啊！

伟大的渴望

[德国] 尼采

弗里德里希·尼采（1844—1900年），是人类历史上最有智慧的哲学家，最有影响的思想家和最有才华的诗人兼散文作家之一。

尼采一生短暂，但著作颇丰，1872年，他出版了第一部著作《悲剧的诞生》。1878年发表了五本格言集中的第一本，取名《太有人性的人》。此后，失恋在让尼采感到忧郁的同时，引出他的一系列思没有考，使他创造了箴言式的著作《查拉图斯特拉如是说》。1886年和1887年尼采出版了《善恶的彼岸》和《道德体系论》。1888年发表《瓦格那的境遇》。1895年写的并于死后出版的《基督教之敌》将矛头直指基督教会。1895年出版的《尼采与瓦格那》则是他写的有关瓦格那的文章的合集，1908年才发表的《瞧这个人》回顾了他自己的一生。

哦，我的灵魂哟，我已教你说"今天"、"有一次"、"先前"，也教你在一切"这"和"那"和"彼"之上跳着你自己的节奏。

哦，你的灵魂哟，我在一切僻静的角落救你出来，我刷去了你身上的尘土，和蜘蛛，和黄昏的暗影。

哦，我的灵魂哟，我洗却了你的琐屑的耻辱和鄙陋的道德，我劝你赤裸昂立于太阳之前。

我以名为"心"的暴风雨猛吹在你的汹涌的海上；我吹散了大海上的一切云雾；我甚至于绞杀了名为罪恶的绞杀者。

哦，我的灵魂哟，我给你这权利如同暴风雨一样地说着"否"，如同澄清的苍天一样地说着"是"；现在你如同光一样的宁静，站立，并迎着否定的暴风雨走去。

哦，我的灵魂哟，我恢复了你在创造与非创造以上之自由；并且谁如同你一样知道了未来的贪欲？

哦，我的灵魂哟，我教你侮蔑，那不是如同虫蛆一样的侮蔑，乃是伟大的，大爱的侮蔑，那种侮蔑，是他最爱之处的侮蔑。

哦，我的灵魂哟，我被你如是说屈服，所以即使顽石也被你说服；如同太阳一样，太阳说服大海趋向太阳的高迈。

哦，我的灵魂哟，我夺去了你的屈服，和叩头，和投降；我自己给你以这名称"需要之枢纽"和"命运"。

哦，我的灵魂哟，我已给你以新名称和光辉灿烂的玩具，我叫你为"命运"为"循环之循环"为"时间之中心"为"蔚蓝的钟"！

哦，我的灵魂哟，我给你一切智慧的饮料，一切新酒，一切记不清年代的智慧之烈酒。

哦，我的灵魂哟，我倾泻一切的太阳，一切的夜，一切的沉默和一切的渴望在你身上——于是我见你繁茂如同葡萄藤。

哦，我的灵魂哟，现在你生长起来，丰富而沉重，如同长满了甜熟的葡萄的葡萄藤！为幸福所充满，你在过盛的丰裕中期待，但仍愧报于你的期待。

哦，我的灵魂哟，再没有比你更仁爱，更丰满，和更博大的灵魂！过去和未来之交汇，还有比你更切近的地方吗？

哦，我的灵魂哟，我已给你一切，现在我的两手已空无一物！现在你微笑而忧郁地对我说："我们中谁当受感谢呢？"

给予者不是因为接受者已接受而应感谢的吗？赠予不就是一种需要吗？接受不就是慈悲吗？

哦，我的灵魂哟，我懂得了你的忧郁之微笑：现在你的过盛的丰裕张开了渴望的两手了！

你的富裕眺望着暴怒的大海，寻觅而且期待；过盛的丰裕之渴望从你的眼光之微笑的天空中眺望！

真的，哦，我的灵魂哟，谁能看见你的微笑而不流泪？在你的过盛的慈爱的微笑中，天使们也会流泪。

你的慈爱，你的过盛的慈爱，不会悲哀，也不啜泣；哦，我的灵魂哟，但你的微笑，渴望着眼泪，你的微颤的嘴唇渴望着呜咽。

"一切的啜泣不都是怀怨吗？一切的怀怨不都是控诉吗！"你如是对自己说；哦，我的灵魂哟，因此你宁肯微笑而不倾泻你的悲哀——

不在进涌的眼泪中倾泻所有关于你的丰满之悲哀，所有关于葡萄的收获者和收获刀之渴望！

哦，我的灵魂哟！你不啜泣，也不在眼泪之中倾泻你的紫色的悲哀，甚至于你不能不唱歌！看哪！我自己笑了，我对你说着这预言：

你不能不高声地唱歌，直到一切大海都平静而倾听着你的渴望——直到，在平静而渴望的海上，小舟漂动了，这金色的奇迹，在金光的周围一切善恶和奇异的东西跳跃着——一切大动物和小动物和一切有着轻捷的奇异的足可以在蓝绒色的海上跳跃着。直到他们都向着金色的奇迹，这自由意志之小舟及其支配者！但这个支配者就是收获葡萄者，他持着金刚石的收获刀期待着。

哦，我的灵魂哟，这无名者就是你的伟大的救济者，只有未来之歌才能最先发现了他的名字！真的，你的呼吸已经有着未来之歌的芳香了。

你已经在炽热而梦想，你已经焦渴地饮着一切幽深的，回响的，安慰之泉水，你的忧郁已经憩息在未来之歌的祝福里！

哦，我的灵魂哟，现在我给你一切，甚至于我的最后的。

我给你，我的两手已空无一物；看哪，我吩咐你歌唱，那就是我所有的最后的赠礼。

我吩咐你唱歌——现在说吧，我们两人谁当受感谢？但最好还是为我唱歌，哦，我的灵魂哟，为我唱歌，让我感谢你吧！

查拉斯图拉如是说。

敬畏与诧异

[美国] 赫舍尔

我们所知道的存在，我们所遇到的世界，在我们面前表现出异己性与遥远性。尽管我们竭尽全力去探索它，理解它，它还是难以捉摸，神秘地避开。存在是难以置信的。

我们对环境的关心不能归结为哪些可以被利用，哪些可以被掌握。环境不但包括墨水台和吸墨纸，还包括空间中难以捉摸的寂静、繁星、云彩、时光的悄然逝去、对我自身存在的惊异。我既是手段，也是目的。世界也一样，既是手段也是目的。我对世界的看法和对自我的理解是相互影响的。彻底操纵世界导致自我的彻底工具化。

世界以两种方式呈现在我的面前：世界既是为我所拥有的一个物，也是我所面对的一个奥秘。我所拥有的是微不足道的，我所面对的是崇高的。我小心翼翼以免浪费我所拥有的，我也必须学会不要失去我所面对的。

我们操纵着世界表面上可以利用的东西，我们也必须以敬畏的心情面对世界的奥秘。我们把存在本身当作客体，但我们也惊奇地、极度诧异地参与存在。

面对着使我们感觉能力也束手无策的奥秘，我们只有敬畏感和极度的诧异。

任何人都不会嘲笑繁星，或者嘲笑原子弹爆炸。任何人都不会对一个为了使世界注意到纳粹的暴行而自杀的人说长道短。

敬畏不只是一种感情，它也是一种理解方式，是对比我自身更伟大的意义的洞察。敬畏起源于惊异，而智慧起源于敬畏。

敬畏是对万物尊严的直观，是认识到事物不仅是它现存的样子，而且代表着某种最高的东西，不管它们多么遥远。敬畏是对超然性的辨识，是处处以超越万物的奥秘为参照。它使我们在世界中感到神的暗示，使我们在微小的事物中看到无限的意义露出端倪，使我们在普通而简单的事物中看到终极，在匆匆的流逝中看到永恒的静止。我们用分析的方法不能够理解的，却能通过敬畏来认识。

信仰不是相信，不是赞成一项提议；信仰依附于超然性，依附于奥秘背后的意义。

知识由好奇推动；智慧由敬畏推动。敬畏在信仰之前，它是信仰的根源。为了与信仰相称，我们应该接受敬畏的指引。

假如你丧失敬畏意识，任你的傲慢毁灭你的尊敬能力，宇宙就成了你的市场。失去敬畏，就会缺少洞察力。返回到崇敬，是恢复智慧的第一个前提，是发现"世界暗示上帝"的第一个前提。

科学的价值

[美国] 理查德·费曼

理查德·费曼（1918—1988年）美国著名的物理学家。1918年出生于纽约。1939年毕业于麻省理工学院。进入普林斯顿大学念研究生。1942年6月获得理论物理学博士学位。1943年进入洛斯阿拉莫斯国家实验室，参与曼哈顿计划，对原子弹发展贡献卓绝。1965年因量子电动力学方面的贡献获得诺贝尔物理奖。1986年调查美国挑战者号航天飞机一事，用一杯冰水及一只橡皮环证明出事原因。1988年2月15日因癌症不幸逝世。

　　人类还处在初始阶段，因此我们遇上各种问题是毫不奇怪的。好在未来还有千千万万年。我们的责任是学所能学、为所可为，探索更好的办法，并传给下一代。我们的责任是给未来的人们一双没有束缚自由的双手。在人类鲁莽冲动的青年期，人们常会制造巨大的错误而导致长久的停滞。倘若我们自以为对众多的问题都已有了明白的答案，年轻而无知的我们一定会犯这样的错误。如果我们压制批评，不许讨论，大声宣称："看哪，同胞们，这便是正确的答案，人类得救啦！"我们必然会把人类限制在权威的桎梏和现有想象力之中。这种错误屡见不鲜。

作为科学家，我们知道伟大的进展都源于承认无知，源于思想的自由。那么这是我们的责任——宣扬思想自由的价值，教育人们不要惧怕质疑而应该欢迎它、讨论它，而且毫不妥协地坚持拥有这种自由——这是我们对未来千秋万代所负有的责任。

教　堂

〔瑞士〕赫曼·赫塞

赫曼·赫塞1877年7月2日生于德国卡尔夫镇一个基督教新教牧师家庭，1946年获颁诺贝尔文学奖，1962年8月9日逝世。赫曼在1904年出版《乡愁》后声名大噪，一举成名。1906年《心灵的归宿》，1919年《徬徨少年时》，1922年《流浪者之歌》，1927年《荒野之狼》等书，都受到了尼采、托斯妥耶夫斯基和东方佛教神秘主义的影响。

赫塞在1943年出版的《玻璃珠游戏》这部获得诺贝尔奖的巨著里，既探讨了自由与传统的冲突，也充分弥漫乐观主义的个人牺牲，再次展现人的多重性面貌。赫塞于1912年定居瑞士，并于1923年成为瑞士公民。

　　正门上面有屋檐的玫瑰色教堂，必定是善良的、为人着想和十分虔诚的人们修建。

　　我经常听人说，今天已不再有虔诚的人了。若是这样的话，那同样可以说，今天不再有音乐，也不再有蓝天。我相信，有许多虔诚者。我自己现在就是虔诚的。但我过去并非一贯如此。

　　对于每个人来说，通往虔诚的道路是不同的。对我来说，是经过许多迷误和痛苦，经过许多自我折磨和相当多愚蠢行为的道路，简直可以说是穿过了愚蠢行为的原始森林。我曾经是自由思想者，并认为虔诚是一种畏惧病。我曾经是苦行者，曾用钉子扎自己的肉。我不懂得虔诚意味着健康和欢畅。

虔诚无非是信任。单纯、健康、无害的人，儿童，野人都懂得信任。像我们这样既非单纯又非清白无辜的人，必须经过曲折的路才能达到信任。信任你自己便是开端。要获得信仰，不能靠清算、认罪和内疚，不能靠苦行和牺牲。所有这些努力，都是指望得到寓于我们身外的各种上帝的帮助。我们必须信仰的上帝在我身内。谁否定自己，谁就不能肯定上帝。

啊，这个国家的可爱的、亲切的教堂啊！你们都带有一个上帝的标记和铭文，这不是我的那个上帝。你们的信徒做祈祷，那些祈祷文我都不懂。然而，我也能在你们那里祈祷，效果同在橡树林里或是在高山草场上一样好。你们从绿色中开出花来，黄色的或者白色的或者玫瑰色的，好似年轻人的春之歌。在你们那里，任何祈祷都是许可和神圣的。

祈祷是神圣的，像歌唱一样神圣。祈祷即信仰，即确认。真正祈祷的人并不恳求，他仅仅诉说自己的状况和困难，他把他的歌和他的感激心情唱给自己听，就像小孩子唱歌那样。比萨大教堂里所画的，在隐居地和鹿群中间的有福的隐士们，就是这样祈祷的。这是世界上最美的画。树木，野兽，也是这样祈祷的。在优秀的画家的画上，每棵树和每座山都在祈祷。

谁出身于虔诚的新教徒家庭，谁就得探寻很长的路方能达到这样祈祷的境地。他懂得了良心的种种恐惧，懂得了内心分裂时极大的痛苦，他体验了各种分裂、痛苦与绝望。末了他走到道路的尽头，惊讶地看到，他在荆棘丛生的路上寻找的极乐，原来是这般天真，这般自然。但是，他并没有白走这些荆棘丛生的道路。回乡者毕竟不同于始终待在家里的人。他爱得更深切，他更不受公正和幻想的束缚。公正是待在家里的人们的道德，一种古旧的道德，一种原始人的道德。我们青年一代不能再袭用。我们只懂得一种幸福：爱；只懂得一种道德：信任。

我妒忌你们这些教堂，是因为你们有众多的信徒，众多的教区。成百的祈祷者向你们哀怨地唱着他们的歌，成百的儿童用花环装饰你们的大门，并带来了他们的蜡烛。但是，我们的信仰，走过漫长旅途的人们的虔诚，是孤寂的。抱着旧信仰的人们不愿成为我们的同伴，世界的潮流在离我们的岛屿很远的地方汹涌而去。

　　我在就近的草场上摘花，有樱草花、三叶草、毛茛花，然后把它们放在教堂里。我坐在前檐下的胸墙上，在清晨的寂静中将我虔诚的歌哼唱。我的帽子放在褐色的墙头，一只蓝蝴蝶落在我的帽子上。远方山谷里传来火车的笛声，轻淡温柔。这儿那儿，还有清晨的露珠，闪烁在矮树丛上。

求 知

[英国] 培根

　　弗兰西斯·培根（1561—1626年）是英国哲学家和科学家。这位一生追求真理的思想家，被马克思称为"英国唯物主义和整个现代实验科学的真正始祖"。他在逻辑学、美学、教育学方面也提出许多思想。著有《新工具》《论说随笔文集》等。后者收入58篇随笔，从各个角度论述广泛的人生问题，精妙、有哲理，拥有很多读者。但同时，培根也是一个男权、贵族、功利主义者。

　　求知可以作为消遣，可以作为装饰，也可以增长才干。

　　当孤独寂寞时，阅读可以消遣。当高谈阔论时，知识可供装饰。当处世行事时，知识能增进才干。有实际经验的人虽能够处理个别性的事务，但若要综观整体，运筹全局，却唯有掌握知识方能办到。

　　读书太慢会弛惰，为装潢而读书是自欺欺人，只按照书本办事是呆子。

　　求知可以改进人的天性，而经验又可以改进知识本身。人的天性犹如野生的花草，求知学习好比修剪移栽。学问虽能指引方向，但往往过于泛泛，还要靠经验来赋予形式。

　　狡诈者轻鄙学问，愚鲁者羡慕学问，聪明者则运用学问。知识本身并没有告诉人怎样运用它，运用的智慧乃在书本之外。这是技艺，不体验就学不到。

不可专为挑剔辩驳去读书，但也不可轻易相信书本。求知的目的不是为了吹嘘炫耀，而应该是为了寻找真理，启迪智慧。

书籍好比食品。有些只需浅尝，有些可以吞咽。只有少数需要仔细咀嚼，慢慢品味。所以，有的书只要读其中一部分，有的书只需知其中梗概，而对于少数好书，则要读通，细读，反复地读。

有的书可以请人代读，然后看他的笔记摘要就行了。但这只限于不太重要的议论和质量粗劣的书。否则一本书将像已被蒸馏过的水，变得淡而无味了！

读书使人充实，讨论使人机敏，写作则能使人精确。

因此，如果一个人懒于动笔，他的记忆力就必须强而可靠。如果一个人要孤独探索，他的头脑必须锐利。如果有人不读书又想冒充博学多知，他就必须很狡黠，才能掩饰无知。

读史使人明智，读诗使人聪慧，演算使人精密，哲理使人深刻，道德使人高尚，逻辑修辞使人善辩。总之，知识能塑造人的性格。

不仅如此，精神上的各种缺陷，都可以通过求知来改善——正如身体上的缺陷，可以通过适当的运动来改善一样。例如打球有利于腰肾，射箭可扩胸利肺，散步则有助于消化，骑术使人反应敏捷，等等。同样，一个思维不集中的人，他可以研习数学，因为数学稍不仔细就会出错。缺乏分析判断力的人，他可以研习经院哲学，因为这门学问最讲究烦琐辩证。不善于推理的人，可以研习法律案例，如此等等。这种种头脑上的缺陷，都可以通过求知来疗治。

大地的忠诚

[黎巴嫩] 哈利勒·丁

大地非同于其他事物，它不虚伪骗人，不出尔反尔。

天空可能会撒谎，于是便不下雨；风会一反常态，于是把大树连根拔起，吹起沙子迷住人的眼睛，使一切荡然无存；大海会背弃它与水手们的契约，宁静的海面顿时涛涌如山。那浪涛就是寿衣，那汪洋便是坟墓，温柔的海滩就像泛着白沫的双唇，吐着腐烂的尸骨。

小溪会骗人，于是渗入地下；泉水会骗人，于是便干枯；树枝会骗人，于是拒发新叶；花儿会骗人，于是便不芳香四溢，不果实累累。

太阳会骗人，于是隐而不见；月亮会骗人，于是不玉盘东升；星星会骗人，便坠落不现。

玫瑰会背叛，捧出的是荆棘利刺，而不再是艳丽与芳香。

而大地，只有大地，才始终如一，永不欺骗，永不撒谎，永不背信弃义。

你栖身的房屋可能会倾倒，会劈头盖脸塌下来。

你吃下的那口食物里也许有致命的毒药。

你穿着的衣服也许会令你窒息，你脚蹬的鞋子也许会带你走向深渊，拥着你的床铺也许会变为你的坟墓。

你真诚相待的朋友也许会变心疏远你；你曾真心相爱的人也许会把你遗忘。

至于大地，独有大地，才最忠诚老实，既不会遗忘，也不会背叛。

看看死亡和时间吧，无论何物、何人都无法拒绝它们的光临，而大地则不然。

每当一代人被死亡席卷，或被时间所遗忘，我们便站在大地上说："这儿曾站过一位帝王，这儿曾走过汉尼拔的大军，那儿曾是征服者之路。"

我们站在大地之上，我们请大地作证。大地在笑，在回忆，在作证。

啊，大地！也许你的最伟大之处是，我们在你的内部挖得越深，你所赠予的财宝、宝藏和奉献就越多。你与人是多么的不同啊！也许你最壮丽的景色就是你表面上的残墙断壁，是烈焰熊熊吞噬着一切，是遍地的死者和伤者。你保持着自己的庄严，嘲笑着所有的一切，你张开双臂拥抱所有落下的和倒下的，你容纳所有的事，所有的人。

难道不奇怪吗？在你表面上爆炸的炮弹能使所有的一切事物死亡，但如果它在你身上划上疤痕，你的体内就会爆发新的生命！

大地啊！你不愧是我们的母亲！

沙与沫

[黎巴嫩] 纪伯伦

诗不是一种表白出来的意见。它是从一个伤口或是一个笑口涌出的一首歌曲。

如果你歌颂美，即使你是在沙漠中心，你也会有听众。

诗是迷醉心怀的智慧。

智慧是心思里歌唱的诗。

如果我们能够迷醉人的心怀，同时也在他的心思中歌唱。

那么他就真的在神的影中生活了。

灵感总是歌唱；灵感从不解释。

能唱出我们的沉默，是一个伟大的歌唱家。

他们说夜莺唱着恋歌的时候，把刺扎进自己的胸膛。

我们也都是这样的。不这样我们还能唱歌吗？

在母亲心里沉默着的诗歌，在她孩子的唇上唱了出来。

当你达到生命的中心的时候，你将在万物中甚至于在看不见美的人的眼睛里，也会找到美。

友谊永远是一个甜柔的责任，从来不是一种机会。

当你背向太阳的时候，你只看到自己的影子。

慈善的狼对天真的羊说："你不光临寒舍吗？"

羊回答说："我们将以造府为荣，如果贵府不是在你肚子里的话。"

能把手指放在善恶分野的地方的人，就是能够摸到上帝圣袍的边缘的人。

怜悯只是半斤公平。

把唇上的微笑来遮掩眼里的憎恨的人是多么愚蠢啊!

奇怪的是,你竟可怜那脚下慢的人,而不可怜那心里慢的人。可怜那盲于目的人,而不可怜那盲于心的人。

你要人们用你的翅翼飞翔,而却连一根羽毛也拿不出的时候,你是多么轻率啊。

我宁可做人类中有梦想和有完成梦想的愿望的、最渺小的人,而不愿做一个最伟大的、无梦想无愿望的人。

我曾对一条小溪谈到大海,小溪认为我只是一个幻想的夸张者;

我也曾对大海谈到小溪,大海认为我只是一个低估的毁谤者。

一场争论可能是两个心思之间的捷径。

当智慧骄傲到不肯哭泣,庄严到不肯欢笑,自满到不肯看人的时候,就不成为智慧了。

执拗的人是一个极聋的演说家。

妒忌的沉默是太吵闹了。

一个羞赧的失败比一次骄傲的成功还要高贵。

在任何一块土地上挖掘,你都会找到珍宝,不过你必须以农民的信心去挖掘。

他们对我说:"你能自知,你就能了解所有的人。"

一个哲学家对一个清道夫说:"我可怜你,你的工作又苦又脏。"

清道夫说:"谢谢你,先生。请告诉我,你做什么工作?"

哲学家回答说:"我研究人的心思、行为和愿望。"

清道夫一面扫街一面微笑说:"我也可怜你。"

愿望是半个生命,淡漠是半个死亡。

只在一个变戏法的人接不到球的时候,他才能吸引我。

关于大学（节选）

[英国] 约翰·亨利

  各位先生，我向你们声明，如果有两种大学——一种是所谓的大学，它不提供住宿，不督促学习，对修满若干课程，考试及格的任何人都授予学位；还有一种大学则既无教授亦无考试，只是把一定数量的年轻人召集在一起过三四年，然后把他们送出学校，像人们所说的牛津大学近60年来所做的那样。如果要我在这两种大学中选择，问我这两种方法中哪一种更有利于知识的训练——我并不从道德的角度说哪一种更好，因为显而易见，强制性的学习必有益处而懒散则极有害——如果我必须断定这两条道路中哪一条在训练、塑造、启发人的头脑方面更为成功，哪种方法培养出来的人更适合现实的任务，训练出更好的公职人员，产生出通晓世情者和名传后世的人，我将毫不犹豫地选择那种无教授也不考试的学校，它优于那种强求学生熟悉天底下每一门学科的学校。

  当一大群年轻人，具有青年人所有的敏锐、心胸开朗、富于同情心、善于观察等特点来到一起，自由密切交往时，即使没有人教育他们，他们也必定能互相学习。所有人的谈话，对每个人来说就是一系列的讲课，他们自己逐日会学得概念和观点，簇新的思想用以判断事物与决定行动的原则。婴儿需要学会理解由他的感觉传递给他的信息。这是他本能要做的事。他以为眼睛看见的一切事物都在身旁，后来才了解到情况不尽如此。这样，他就从实践中得知他最早学到的那些基本知识的关系和用处，这是他生存所必需的。我们在社会上的生存也需要有类似的教育，这种教育由一所大学校或学院提供。它的作用在本身领域中可以公平地称之为开阔心胸……姑且不论它的标准与原则为何，是真是伪，但这是一种真正的教育。至少它有培养才智的意图，承认学习知识并不是仅仅被动地接受那些零星、烦琐的细节。这是有意义的教育，也能做出某种有意义的事来。一批最卖力气的教师在没有相互的同情与了解，没有思想交流的情况下，绝不可能做出这样的成绩。一批不能畅所欲言、没有共同原则，只是教导和提问的主考官也同样达不到上述目的。那些被教被问的青年不认识主考官，他们彼此也不相识，主考官只在冷冰冰的教室里，或在盛大的周年纪念日向他们教授或询问一大堆种类不同、相互间并无哲理联系的题目，每星期三次，或一年三次，或三年一次。

……受到初步的基础教育之后，对于愿意独立思考的人来说，在图书馆里随意涉猎，顺手取下一本书来，兴之所至，深入钻研，这该有多大的好处啊！在田野中徜徉，和被放逐的王子一同欣赏"树木的谈话和溪中流水"，这该是多么健康有益啊！

花香满径

[爱尔兰] 维廉·巴克莱

精神胜过物质

我读过新闻记者琼斯的一篇谈痉挛（俗称抽筋）的文章。那种痛苦许多人都有过，特别发生在床上。

痉挛来的时候，患者有种种不同的应付方法，有的方法十分有趣。班尼斯特医生说在身上挂一块小磁石，曾经消除了痉挛。

汉普郡有位家庭主妇把一小袋软木塞放在床上，来防止抽筋。伦敦有个人说，可以用大酒桶的塞子，效果更好。有的用一圈水牛角，或者把红绳绑在脚趾上，或者用海狮牙齿磨的粉、鳝鱼的皮、河马的牙齿。用过的人都说他们的方法有效。

读这类的文章仿佛又回到了原始社会相信魔法和符咒的日子，不过也指出一个普遍存在的事实：要是我们相信一件事物对自己有用，它就会真的有用。因此我们可以明白另外一件事：只要能医好你的心，就能医好你的身体。生活的确靠信心。要是心里相信不能做一件事，这件事便永无完成之日；要是一开始就坚信可以完成，事情等于做好了一半。因为心里有了信心，身体就会跟去完成。

把工作分出去

没有一个人是绝对不可少的，也不要去做一个绝对不可少的人。

大卫·谢泼德在他写的一本谈传教经验的书中，提到一位牧师回去探望他原来主持的教会，一位女信徒看见他后对他说："自从你离开以后，这里的教会兴旺得很。"对这位牧师来说，这应该是他所能得到的最高的赞赏。

我们不应该把所有的事都抓在自己的手里，认为只有自己才做得好。不把工作分给自己的下属，是对他们的不信任；这等于把应该给他人工作的机会，或者把别人很想做的工作攫取了过来。要是一件工作变成了独角戏，这件工作离失败已经不远了。一个领袖要是有智慧，应该懂得把工作分出去；他的责任不是什么都抓来自己做，而是训练别人和他一道做。

界 河

[希腊] 安东尼斯·萨马拉基斯

命令很明确：禁止在河里洗澡！同时规定距离河岸200米为禁区。

大约3星期前，他们部队来到河边就停止了前进，对岸就是敌人——通常被称之为"那边的人"。

河的两岸均有大片森林。森林很茂密，林中驻扎着敌对双方的部队。

从获得的情报中得知，那边有两个营，但他们没有发动攻势。谁知道眼下他们打着什么鬼算盘？与此同时，双方的前哨分队都隐蔽在两岸的树林里，准备随时探明任何可能发动的进攻。

当他们初抵此地时，天气依然是春寒料峭。可几天前突然放晴，现在竟是明媚和煦的春天了！

第一个偷偷溜下河的是一位中士。一天早晨，他下河潜入水中。不一会儿，他爬回到自己一方的岸边，肋骨处中了两颗子弹，后来只活了几个小时。

翌日，两个下等兵下了河。没人再能见到他们，只听见一阵机关枪的哒哒声，过后便是一片沉寂。

事后，司令部就下了那道禁令。

然而，那条河依然具有不可抗拒的诱惑力。听到潺潺流水，渴望便从他们的心底里油然而生。两年半的野战生活已使他们变得蓬头垢面，邋里邋遢。在这两年半的时间里他们享受不到一丝快乐。现在他们不期发现了这条河，可司令部的命令却是……

"这该死的命令！"那晚上他忿忿然诅咒道。

夜里，他辗转反侧，难以入眠，远处，滔滔的河水声萦绕在他的耳际，令他不得一丝安宁。

对，明天他要去，他一定要去，该死的命令！

其他的士兵们正睡得很香，最后，他也渐渐进入了梦乡，他做了一个梦，一个噩梦。起先，他似乎见到它——一条河。河就在他跟前，期待着他。他站在岸边，脱光了衣服，正欲跃入水中。一瞬间那条河变成了一个女人，一个胴体黝黑、年轻健美的女人，他裸体站在她面前，并没朝她扑出，因为一只无形的手仿佛紧紧攫住了他的后背。

他醒了过来，精疲力竭，天还没有亮……

终于来到河边，他停下脚步注视着它。瞧这河！它的确存在着！一连几个小时他都在担心这只是一种想象，抑或只是他们的一种幻觉，一种普遍的错觉。

一俟他赤裸的身躯进入水中，承受了长达两年半折磨，迄今还留有两颗子弹刻下的疤痕的肉体，顿时感到变成了另一个人。无形中，宛如有一只拿着海绵的手抚过他的全身，为他抹去了这两年半里留下的一切印迹。

他时而仰游，时而侧游，任凭自己随波逐流。他还不时进行长长的潜泳。

少顷，顺流漂下的一根树干出现在他的前方。他一个长潜试图抓住树干。他果真抓住了！他恰巧就在树干边浮出水面。真是太妙了！可就在这刹那间，他发现约在30米开外的前方有一个人头。

他停下来，想仔细看看清楚。

对方也看到了他，也停了下来。两人面面相觑。

倏地，他一下子又恢复了原来的自我——一个经历了两年半战火洗礼的士兵。

他无法断定面对着他的那个人是否是自己的战友，抑或就是那边的人。他们惊得在水里呆若木鸡。一个喷嚏打破了平静的僵局。这是他打的喷嚏，像往常一样很响。紧接着，对方开始向对岸快速游去，但是他也分秒必争，使尽全力游向自己的岸边。他先上了岸，奔到那棵树下，一把抓起枪。还好，对方刚出水，正朝自己搁枪的地方跑去。

他举起枪，开始瞄准。对他来说，要打中对方的脑袋实在是再简单不过的了，他赤裸着身子，在约20米的地方奔跑，这是极易瞄准的活靶子。

不，他没有扣动扳机。那边的那个人就在对岸，恰似他从娘胎里出来一样赤条条一丝不挂。他站在这一边，也赤裸着身子。

他不能扣动扳机。两个人都是赤条条的，赤条条的两个人，一丝不挂。没名没姓，没有国籍，没有穿卡其布军装的自己。

他不能扣动扳机，此刻这条河并没能把他们隔开；相反，却把他们联合在一起了。

当对岸枪声响起时，他只是瞥见有几只鸟被惊起。他倒了下去，先是颓然跪下，随之整个身子直挺挺地扑倒在地上。

有什么新鲜事吗

［匈牙利］厄尔凯尼·依斯特万

一天下午，布达佩斯公墓第27区14号墓穴上近300公斤的墓碑轰然一声，倾倒在地。接着墓穴豁然裂开，原来是躺在里面的哈伊杜什卡·米哈伊夫人——诺贝尔·施蒂芬妮亚（1827—1848）复活了。

尽管因为风吹雨淋，墓碑上的字迹多少有些剥落，但她丈夫的名字也还是可以看得清的。可不知道为什么，他没有复活。

因为天气不好，在公墓的人不多。但凡是听到声音的人都过来了。这时，这位少妇已经掸去身上的尘土，向人借了一把梳子正在梳头。

一位戴黑纱的老太太问她："你好吗？""谢谢，很好。"哈伊社什卡夫人说。

一位出租汽车司机问她渴不渴？

这位刚活过来的死人说，现在不想喝什么。

确实，布达佩斯的水味实在无法恭维，他也不想喝，——司机发表自己的看法。

哈伊杜什卡夫人问司机，他对布达佩斯的水为什么不满意。

因为用氯消的毒。

"用氯消的毒。"花匠阿波斯托尔。巴朗尼科夫点点头。他是在公墓门口卖花的，所以他那几种高；及花只好用雨水来浇。

这时有人说，现在全世界的水都用氯消毒。

说到这里，没有人接话了。

"那么。有什么新鲜事？"少妇问。

什么新鲜事也没有，人们说。

又沉默了，这时下起雨来。

"您不怕淋冷吗？"做钓鱼竿的私营手工业者德乌契·德若问这位复活者。

不要紧，她还爱下雨天呢。

老太太说，当然，也得看下什么雨。

哈伊杜什卡夫人说，她喜欢的是夏天那种凉丝丝的雨。

但是阿波期托尔·巴朗尼科夫说，他什么雨也不喜欢，因为一下雨，公墓就没人来了。

做钓竿的私营手工业者说，他非常能理解这一点。

现在谈话停顿了好长一段时间。

"你们说点什么吧。"新复活的少妇向四周看了看说。

"说些什么？"老太太说，"没什么好说的。"

"自由战争以后什么也没发生过吗？"

"要说，也可以说一两件，"手工业者挥挥手。"但就像德国人说的那样：'比这有意思的事也不多。'"

"不错，说得对。"出租汽车司机说。好像为了招徕乘客，他回到自己的汽车那里去了。

人们沉默着。复活者看看自己刚才出来的土坑，它还没有合上。她又等了一会儿，但看来实在没有人想说话，于是就向周围的人说："再见。"然后又回到原来的土坑里去了。

做钓竿的手工业者怕她滑倒，伸手过去扶了她一把。

"祝你一切都好。"手工业者说。

"怎么了？"出租汽车司机在大门口问大家，"她莫非又爬回去了？"

"爬回去了。"老太太摇摇头。"其实我们谈得多么投机啊。"

浪漫的意义

[美国] 葛瑞

　　男人献殷勤的意思是说："我关心你，我了解你的感受，我知道你喜欢什么，我乐意为你做事，你并不孤单。"这么做可以直接满足女人对浪漫的需求。如果男人不等要求即对她表示心意，她会觉得深受宠爱。不过他若忘了做这些事情，聪明的女人会用不带命令意味的态度，礼貌地不断提醒他。

　　男人接受爱的方式与女人不同。他觉得被爱是因为她一再让他知道，他使她感到非常满足。她心情愉悦就会让他有被爱的感觉，即使她只是觉得天气不错，他也会觉得自己有功劳。女人的满足就是男人的最大幸福。

　　女人因鲜花、巧克力而感到浪漫时，男人会因为女人的感激，亦燃起浪漫之情。男人小小的殷勤换得女人无限的感激，这就是浪漫之源。几乎所有浪漫仪式的基础，都是男人给予，而女人接受。女人并不知道男人最需要的爱，就是让他觉得自己满足了配偶。

　　当他送给她某样东西使她很快乐，他就有被爱的感觉；若他能为她做某件事，爱就会进入他心中。爱一个男人最重要的技巧，就是注意他做对了哪些事，然后向他表示欣赏或感激；最大的错误则是把他做的事视为当然。

理想与幸福

〔苏联〕奥斯特洛夫斯基

奥斯特洛夫斯基（1904—1936年）苏联作家。1919年加入共青团，随即参加国内战争。1924年加入共产党。由于他长期参加艰苦斗争，身体健康受到严重损害。

1929年，他全身瘫痪，双目失明。1930年，他用自己的战斗经历作素材，以顽强的意志开始创作长篇小说《钢铁是怎样炼成的》。1936年12月22日，由于重病复发，奥斯特洛夫斯基在莫斯科逝世。

个人问题、爱情、女人，这些在我的理想之中只占很小的位置。对我来说，没有比做一名战士更大的幸福了。个人的一切都不会永葆青春，不能像公共事业那样万古长存。在为实现人类最大幸福的斗争中，要做一名永不掉队的战士，这就是最光荣的任务和最崇高的目标。

自私自利的家伙完蛋得最早。须知，他只是为了自己才孤独寂寞地活在这个世界上。一旦抹掉了他们这个"我"字，他就一切都完了，活着对他来说，再也没有任何意义了！但是，如果一个人不是为了自己而活着，而是为了整个社会呕心沥血，那就很难将他毁灭。因为，这样一来，就首先要毁灭他周围的一切，毁灭整个国家和整个生活。我个人的死亡，只是自己生命的消失，可是我们的大军却排山倒海，蓬勃向前。一个战士，即使他在镣铐锁身的情况下死去，但当他听到自己部队那胜利的欢呼声，他也会得到一种最终的、而且是至高无上的安慰。

对我来说，活着的每一天都意味着要和巨大的苦痛作斗争。我是在说这十年来的日子。但你们看到的是我脸上的微笑。这是发自内心的，饱含着幸福和欢乐的微笑。尽管我忍受着自己病躯的种种苦痛，但我仍然为我们国家的每一个胜利而欢欣鼓舞。再没有比战胜这种种苦痛更使人感到幸福和快乐的事情了！不能单单是为了活着（虽然活着是美好的），而且还要斗争，还要赢得胜利！

现在，我觉得自己像冰化雪消那样越来越虚弱了。因此，我要抓紧每分每秒，趁我现在还能感到生命之火在心头燃烧，大脑神经在闪光跳动。我不愿做一个名噪一时的英雄。我战胜了自己生命历程中的一切悲剧和不幸：双目失明，全身瘫痪，遍体疼痛。尽管如此，我仍然是一个无比幸福的人。这倒不是因为政府奖赏了我。不，没有这些，我同样是快乐和幸福的！请记住，奖赏永远不会成为我工作和斗争所追求的目标。

永/恒/的/经/典

为人类而工作

[美国] 佛兰西丝·威拉德

　　我希望我们对气势磅礴的历史的研究能更为透彻明晰，这样，在我们预言未来之时，便不至于妄自尊大，目中无人，对面临的一切就更为信心十足，充满愉悦。厚重的历史向我们昭示，人类的生存力量是何等的顽强坚韧！地震、饥馑、瘟疫可以肆虐一时，但流水般的岁月漫涌而来，治愈了一切创伤，弥补了所有裂痕。伟大的历史进程横扫大地，将世界衰颓的痕印统统抹去。新形式的文明簇拥着显赫的帝王风靡一时，帝王们谢世消亡后，更有伟大相继而起。有些民族在征战中被消灭殆尽，那些殷切巨大的希望也化作泡影；但人类未绝，革命此起彼伏，爱国志士们血流成河；有时候，地球仿佛就要坠入深渊，世界末日即将来临；然而，春风野火，爱国者层出不穷，更新更美的希望犹如繁星，在人们的头顶辉耀闪烁。人类大踏步地跨过了黑暗时代，跨出了初期阴森幽长的洞穴，与洪荒年代已不可同日而语。从此，公理被奉为至尊，自由王国的彼岸已历历在目。

　　唯有对历史漠视无知者，才会在时代的伟大变革中颓然丧气；唯有对天才的历程熟视无睹者，才会妄称自己为前无古人的首创者。事实上，除了物质领域的某些发明，天下的一切均已为前人所经历。任何一种变革，早在几个世纪前就曾为伟大的心灵所憧憬，任何一种教义，都曾为历史上先知先觉的神父所订立。希腊的哲学家和古时的神父，早就一劳永逸地为后人指明了方向，我们尽可以在他们遗下的典籍中去挑选抉择。因此，我们应当时时牢记，世界上只有两类人：一类人宣称我们的时代是有史以来最坏的时代，另一类人则反之，认为这是最好的时代。所有的新发明，所有科学和全部历史，都证明了持后一种意见是正确的，这种正确性可以延续到将来，以至永远。

　　最正常、最完美的人，是那些擅长于发挥自己能量的活动家，是那些献身于周围世界、投入于公众之中的人，他们全身心地专注于对世界的奉献，以至于感觉不到个人与世界之间，存在有任何距离……

"今"

［中国］李大钊

李大钊（1889—1927年），字守常，河北乐亭人。是中国最早的马克思主义者和共产主义者，中国共产党的主要创始人和早期领导人之一。1913年留学日本。开始接触马克思主义，参加反对袁世凯的斗争。

1918—1919年，先后发表《法俄革命之比较观》《庶民的胜利》《布尔什维主义的胜利》《新纪元》等著名论文，与陈独秀创办《每周评论》，积极领导了五四运动。1927年4月6日，在苏联大使馆中，被闯入的奉系军阀张作霖军警逮捕。被捕后，他坚贞不屈，于28日英勇地走上绞刑架，从容就义，时年38岁。

　　我以为世间最可宝贵的就是"今"，最易丧失的也是"今"，因为他最容易丧失，所以更觉得他可以宝贵。

　　为什么"今"最可宝贵呢？最好借哲人耶曼孙所说的话答这个疑问："尔若爱千古，尔当爱现在。昨日不能唤回来，明天还不确实，而能确有把握的就是今日。今日一天，当明日两天。"

　　为什么"今"最易丧失呢？因为宇宙大化，刻刻流传，绝不停留。时间这个东西，也不因为吾人贵他爱他稍稍在人间留恋。试问吾人说"今"说

"现在"，茫茫百千万劫，究竟哪一刹那是吾人的"今"，是吾人的"现在"呢？刚刚说他是"今"是"现在"，他早已风驰电掣的一般，已成"过去"了。吾人若要糊糊涂涂把他丢掉，岂不可惜？

有的哲学家说，时间但有"过去"与"未来"，并无"现在"。有的又说，"过去""未来"皆是"现在"。我以为"过去未来皆是现在"的话倒有些道理。因为"现在"就是所有"过去"流入的世界，换句话说，所有"过去"都埋没于"现在"的里边。故一时代的思潮，不是单纯在这个时代所能凭空成立的，不晓得有几多"过去"时代的思潮，差不多可以说是由所有"过去"时代的思潮，一凑合而成的。

吾人投一石子于时代潮流里面，所激起的波澜声响，都向永远流动传播，不能消灭。屈原的《离骚》，永远使人人感泣。打击林肯头颅的枪声，呼应于永远的时间与空间。一时代的变动，绝不消失，仍遗留于次一时代，这样传演，至于无穷，在世界中有一贯相连的永远性。昨日的事件，与今日的事件，合构成数个复杂事件。此数个复杂事件，与明日的数个复杂事件，更合构成数个复杂事件。势力结合势力，问题牵起问题。无限的"过去"，都以"现在"为归宿。无限的"未来"，都以"现在"为渊源。"过去""未来"的中间，全仗有"现在"以成其连续，以成其永远，以成其无始无终的大实在。一掣现在的铃。无限的过去未来皆遥相呼应。这就是过去未来皆是现在的道理，这就是"今"最可宝贵的道理。

现时有两种不知爱"今"的人：一种是厌"今"的人，一种是乐"今"的人。

厌"今"的人也有两派。一派是对于"现在"一切现象都不满足，因起一种回顾"过去"的感想。他们觉得"今"的总是不好，古的都是好。政治、法律、道德、风俗，全是"今"不如古。此派人唯一的希望在复古。他们的心力全施于复古的运动。一派也对于"现在"一切现象都不满足，与复古的厌"今"派全同，但是他们不想"过去"，但盼"将来"。盼"将来"的结果，往往流于梦想，把许多"现在"可以努力的事业都放弃不做，单是耽溺于虚无缥缈的空玄境界。这两派人都是不能助益进化，并且很是阻滞进化的。

乐"今"的人大概是些无志趣无意识的人，是些对于"现在"一切满足的人。他们觉得所处境遇可以安乐优游，不必再商进取，再为创造。这种人丧失"今"的好处，阻滞进化的潮流，同厌"今"派毫无区别。

原来厌"今"为人类的通性。大凡一境尚未实现以前，觉得此境有无限的佳趣，有无疆的福利；一旦身陷其境，却觉不过尔尔，随即起一种失望的念，厌"今"的心。又如吾人方处一境，觉得无甚可乐；而一旦其境变易，却又觉得其境可恋，其情可思。前者为企望"将来"的动机；后者为反顾"过去"的动机。但是回想"过去"，毫无效用，且空耗努力的时间。若以企望"将来"的动机，而尽"现在"的势力，则厌"今"思想，却大足为进化的原动。乐"今"是一种惰性（inertia），须再进一步，了解"今"所以可爱的道理。全在凭他可以为创造"将来"的努力，决不在得他可以安乐无为。

热心复古的人，开口闭口都是说"现在"的境象若何黑暗，若何卑污。罪恶若何深重。祸患若何剧烈。要晓得"现在"的境象倘若真是这样黑暗，这样卑污，罪恶这样深重，祸患这样剧烈．也都是"过去"所遗留的宿孽，断断不是"现在"造的；全归咎于"现在"，是断断不能受的。要想改变他，但当努力以回复"过去"。

照这个道理讲起来，大实在的瀑流，永远由无始的实在向无终的实在奔流。吾人的"我"，吾人的生命，也永远合所有生活上的潮流，随着大实在的奔流，以为扩大，以为继续，以为进转．以为发展。故实在即动力，生命即流转。

忆独秀先生曾于《一九一六年》文中说过，青年欲达民族更新的希望，"必自杀其一九一五年之青年，而自重其一九一六年之青年。"我尝推广其意，也说过人生唯一的蕲向，青年唯一的责任，在"从现在青春之我，扑杀过去青春之我；促今日青春之我，禅让明日青春之我"。"不仅以今日青春之我，追杀今日白首之我，并宜以今日青春之我，豫杀来日白首之我。"实则历史的现象，时时流转，时时变易，同时还遗留永远不灭的现象和生命于宇宙之间，如何能杀得？所谓杀者，不过使今日的"我"不仍旧沉滞于昨天的"我"。而在今日之"我"中，固明明有昨天的"我"存在。不止有昨天的"我"，昨天以前的"我"，乃至十年二十年百千万亿年的"我"，都俨然存在于"今我"的身上。然则"今"之"我"，"我"之"今"，岂可不珍重自将，为世间造些功德。稍一失脚，必致遗留层层罪恶种子于"未来"无量的人，即未来无量的"我"。永不能消除，永不能忏悔。

我请以最简明的一句话写出这篇的意思来：

吾人在世，不可厌"今"而徒回思"过去"，梦想"将来"，以耗误"现在"的努力；又不可以"今"境自足，毫不拿出"现在"的努力，谋"将来"的发展。宜善用"今"，以努力为"将来"之创造。由"今"所造的功德罪孽，永久不灭。故人生本务，在随实在之进行，为后人造大功德，供永远的"我"享受，扩张，传袭，至无穷极，以达"宇宙即我，我即宇宙"之究竟。

半张纸

［瑞典］斯特林堡

奥古斯特·斯特林堡（1849—1912年），瑞典人。他是继易卜生之后的又一位北欧戏剧大师，仅剧作就有60多部。主要作品有《奥洛夫老师》《父亲》《借方与贷方》《到大马士革去》《古斯塔夫·瓦萨》《厄里克十四》《一出梦的戏剧》《鬼魂奏鸣曲》等。斯特林堡是位具有独创性的戏剧家，对现代欧美戏剧有广泛的影响。他的主要剧本已有中译本，并被搬上中国舞台。

　　最后一辆搬运车离去了；那位帽子上戴着黑纱的年轻房客还在空房子里徘徊，看看是否有什么东西遗漏了。没有，没有什么东西遗漏，没有什么了。他走到走廊上，决定再也不去回想他在这寓所中所遭遇的一切。但是在墙上，在电话机旁，有一张涂满字的小纸头。上面所记的字是由好多种笔迹写的；有些很容易辨认，是用黑黑的墨水写的，有些是用黑、红和蓝铅笔草草写成的。这里记录了短短两年间全部美丽的罗曼史。他决心要忘却的一切都记录在这张纸上——半张小纸上的一段人生事迹。

　　他取下这张小纸。这是一张淡黄色有光泽的便条纸。他将它铺平在起居室的壁炉架上，俯下身去，开始读起来。

首先是她的名字：艾丽丝——他所知道的名字中最美丽的一个，因为这是他爱人的名字。旁边是一个电话号码，15，11——看起来像是教堂唱诗牌上圣诗的号码。

下面潦草地写着：银行，这里是他工作的所在，对他说来这神圣的工作意味着面包、住所和家庭，——也就是生活的基础。有条粗粗的黑线划去了那电话号码，因为银行倒闭了，他在短时期的焦虑之后又找到了另一个工作。

接着是出租马车行和鲜花店，那时他们已订婚了，而且他手头很宽裕。

家具行，室内装饰商——这些人布置了他们这寓所。搬运车行——他们搬进来了。歌剧院售票处，50，50——他们新婚，星期日夜晚常去看歌剧。在那里度过的时光是最愉快的，他们静静地坐着，心灵沉醉在舞台上神话境域的美及和谐里。

接着是一个男子的名字（已经被划掉了），一个曾经飞黄腾达的朋友，但是由于事业兴隆冲昏了头脑，以致又潦倒到无可救药的地步，不得不远走他乡。荣华富贵不过是过眼云烟罢了。

现在这对新夫妇的生活中出现了一个新东西。一个女子的铅笔笔迹写的"修女"。什么修女？哦，那个穿着灰色长袍、有着亲切和蔼的面貌的人，她总是那么温柔地到来．不经过起居室，而直接从走廊进入卧室。她的名字下面是L医生。

名单上第一次出现了一位亲戚——母亲。这是他的岳母。她一直小心地躲开，不来打扰这新婚的一对。但现在她受到他们的邀请，很快乐地来了，因为他们需要她。

以后是红蓝铅笔写的项目。佣工介绍所，女仆走了，必须再找一个。药房——哼，情况开始不妙了。牛奶厂——订牛奶了，消毒牛奶。杂货铺，肉铺等等，家务事都得用电话办理了。是这家的女主人不在了吗？不，她生产了。

下面的项目他已无法辨认，因为他眼前一切都模糊了，就像溺死的人透过海水看到的那样。这里用清楚的黑体字记载着：承办人。

在后面的括号里写着"埋葬事"。这已足以说明一切！——一个大的和一个小的棺材。

埋葬了，再也没有什么了。一切都归于泥土，这是一切肉体的归宿。

他拿起这淡黄色的小纸，吻了吻，仔细地将它折好，放进胸前的衣袋里。

在这两分钟里他重又度过了他一生中的两年。

但是他走出去时并不是垂头丧气的。相反地，他高高地抬起了头，像是个骄傲的快乐的人。因为他知道他已经尝到一些生活所能赐予人的最大的幸福。有很多人，可惜，连这一点也没有得到过。